Gaby Schuster
wurde 1948 in Unterthingau (Ostallgäu) geboren. Nach ihrer Schulausbildung arbeitete sie zunächst als Volontärin und Jungredakteurin beim Allgäuer Tagblatt, später bei der Südwestpresse Ulm. Seit 1973 ist sie verheiratet und lebt mit ihrer Familie in der Nähe von München.

LOVE Message

Gaby Schuster

Liebe zwischen den Zeilen

Schneider Buch

Die Deutsche Bibliothek – CIP-Einheitsaufnahme

Schuster, Gaby:
Love Message / Gaby Schuster. – München : Egmont Schneider

Bd. 2. Liebe zwischen den Zeilen. – 2001
ISBN 3-505-11482-0

Dieses Buch wurde auf chlorfreies, umweltfreundlich hergestelltes Papier gedruckt. Es entspricht den neuen Rechtschreibregeln.

Der Schneider Verlag im Internet:
http://www.schneiderbuch.de

Schleißheimer Straße 267, 80809 München

Titelfotos: Bildagentur Photodisc / Bildagentur Bavaria
Umschlaggestaltung: Fortune, München
Lektorat: Maja von Vogel
Herstellung/Satz: FIBO Lichtsatz GmbH, Unterhaching
Schrift: 11˙ Walbaum Standard
Druck: Presse-Druck, Augsburg
Bindung: Conzella Urban Meister, München-Dornach
ISBN 3-505-11482-0

01 02 / 8 7 6 5 4 3 2 1

1

„Und was ist mit Pece?“

„Der Idiot kann mir mal den Buckel runterrutschen!“

„Jetzt übertreibst du aber …“

Nana bedachte ihre Freundin mit einem düsteren Blick. „Tu ich nicht! Oder hast du vielleicht den Eindruck, dass sich Paul Conrad in irgendeiner Weise für mich und meine Gefühle interessiert?“

Der Bus fuhr scharf nach rechts zur Haltestelle, und Nana wurde gegen eine dicke Frau geschleudert, die mit einer Unmenge von Einkaufstüten beladen war. Im gleichen Augenblick zischten die Türen auf, und die beiden Freundinnen entflohen den kurzatmigen Vorwürfen der empörten Dame. War es vielleicht ihre Schuld, dass der Bus eher einer voll gestopften Sardinenbüchse als einem öffentlichen Verkehrsmittel glich?

„Hast du dich mit Pece gezofft?“, erkundigte sich Dine Schellinger, sobald sie festen Boden unter den Füßen hatte.

„Mit Pece kann man sich nicht zoffen“, entgegnete Nana bedrückt. „In seinem Betriebssystem kommen keine menschlichen Eigenschaften vor! Mit mir zu streiten würde ja so was Exotisches bedeuten, wie Gefühle zu zeigen ..."

„Du übertreibst", wiederholte Dine besänftigend. Paul Conrads Computerleidenschaft, die ihm seinen höchst passenden Spitznamen P. C. eingetragen hatte, gehörte zu ihm wie der Intensiv-Blick seiner blauen Augen. „Nur weil er keine Zeit hat, im Freibad abzuhängen, ist er doch kein gefühlloses Monster. Noch nie was davon gehört, dass man bei Männern nicht klammern darf?"

„Was heißt hier klammern?", schnaubte Nana entrüstet. „Ist das klammern, wenn man mit seinem Freund etwas unternehmen möchte? Muss ich mich erst in seinen Zweitcomputer verwandeln, damit er sich mit mir abgibt?"

Der abfahrende Bus hüllte die beiden Freundinnen in eine graue Abgaswolke. Nanas Magen knurrte und erinnerte sie daran, dass sie den ganzen Vormittag lang nichts gegessen hatte. Aus lauter Wut darüber, dass Pece es wichtiger fand, für einen Kumpel in den Computerläden rund um den Hauptbahnhof nach einer billigen Grafikkarte zu fahnden, statt bei diesem Traumwetter mit ihr zum Schwimmen zu gehen.

„Du solltest einen Gang zurückschalten", riet Dine trocken. „Wie wäre es mit einem Abstecher an Mutters Fleischtöpfe, ehe du bei Pece überflüssiges Porzellan zerschlägst?"

Nanas Magen antwortete mit einem erneuten Knurren, und Dine nahm es als Ja. Die beiden Freundinnen verabschiedeten sich an der nächsten Straßenecke. Undine Schellinger wohnte mit ihren Eltern und einer älteren Schwester in einem Hochhausturm, ein paar Straßen weiter. Nana lebte allein mit ihrer Mutter in einer Altbauwohnung in der Clemensstraße. Dort hatte sich einiges geändert, seit Nanas Vater vor zehn Monaten ausgezogen war. Die nagelneue Schrift auf den beiden kleinen Schaufenstern neben dem Hofeingang stach ihr schon von weitem ins Auge.

„Anna Beer – Art & Antiquitäten", und etwas kleiner darunter: „Restaurierungen – An- und Verkauf". Wie üblich knirschte Nana mit den Zähnen. Warum zum Kuckuck musste sich die Ehefrau eines gut verdienenden Anwalts mit solch einem Geschäft abgeben?

Naja, das mit der Ehefrau war genau genommen Schnee von gestern. Dieter und Anna Beer gab es nur noch als Sorgerechts-Gemeinschaft in Sachen Tochter. Manchmal konnte Nana es immer noch nicht begreifen, obwohl die Scheidung schon fast ein Jahr zurücklag. Durften Väter einfach ausziehen?

Sie drehte vor dem kleinen Geschäft nach rechts ab und lief durch den Torbogen. Genauer gesagt, sie musste sich neben einem rostigen Kastenwagen in den Hof zwängen, weil er die ganze

Einfahrt versperrte. Seine Hintertür stand offen, und sie entdeckte ihre Mutter, die gemeinsam mit einem Jeanstyp ein spindelbeiniges Möbelstück auslud und in die Werkstatt trug.

Früher hatte der letzte Schuhmacher des Viertels in dem ebenerdigen Hofanbau schief gelaufene Absätze repariert und eingerissene Schulranzen genäht. Seine Frau hatte im Laden dazu passende Schuhcreme, Einlegesohlen und altmodische Hausschuhe verkauft. Nach dem Tod ihres Mannes hatte sie das Geschäft aufgegeben, und es stand monatelang leer. Bis Nanas Mutter im vergangenen Sommer auf ihre Wahnsinnsidee gekommen war.

In Nanas Augen hatte diese Aktion den Anfang vom Ende bedeutet. Danach begannen die Streitereien und die Diskussionen, die mit Dads Auszug ihren grässlichen Höhepunkt fanden. Nana hasste die Werkstatt inzwischen noch mehr als den blöden Laden. Sie hatte aus ihrer schicken Mam eine Fremde mit wirren Haaren und Arbeiterhänden gemacht. Jemanden, der stundenlang an Tischen, Stühlen und Schränkchen herumschabte und -pinselte, statt sich um seine Tochter zu kümmern.

Nana zögerte, aber dann streckte sie doch den Kopf in die Werkstatt. Genau in dem Moment, als vier größere Geldscheine den Besitzer wechselten.

„Danke, Frau Beer, das ist echt super!“, freute sich der junge Mann mit dem blonden Pferdeschwanz und steckte das Geld zusammengefaltet in seine Gesäßtasche. „Sind Sie sicher, dass dieses alte Teil noch so viel einbringt?“

„Das ist ein Sekretär aus dem späten Rokoko, du Banause!“, hörte Nana ihre Mutter lachend antworten. „Wenn es mir gelingt, ihn wieder vollständig zu restaurieren, wird das ein absolutes Schmuckstück!“

Sie strich andächtig mit den Fingerkuppen über die geschwungenen Linien des Möbelstückes. Nana sah rot. Wie üblich bemerkte Anna ihre eigene Tochter vor lauter wurmstichigem Ramsch gar nicht.

„Sieht so aus, als hättest du doch Kohle!“, fauchte sie deswegen anstelle einer Begrüßung. „Wer hat mir denn beim Frühstück stundenlange Vorträge übers Sparen gehalten? Ein neuer Bikini? Also wirklich, Nana, dein alter ist doch noch sehr hübsch. Wir müssen unser Geld zusammenhalten!“

„Nana!“ Frau Beer fuhr herum und strich sich verdutzt eine lose Haarsträhne aus der Stirn. „Du meine Güte, du bist schon da …“

„Pech, was?“ Nana hörte nur, dass ihre Mutter nicht mit ihr gerechnet hatte. Noch jemand, der keine Zeit für sie hatte, der sich nicht für ihre Wünsche und Sehnsüchte interessierte.

„Ich geh dann wohl besser! Oder kann ich Ihnen noch irgendwie helfen, Frau Beer?“

Nana musterte den Jungen mit dem Pferdeschwanz aus schmalen Augen. Was hatte er Anna erzählt, damit sie ihm so viel Geld für den alten Kram gab? Seit wann ließ sich ihre Mutter von solchen Öko-Typen einwickeln? Der war doch keine Zwanzig! Seitdem sich ihre Eltern getrennt hatten, traute Nana ihrer Mutter nicht mehr viel Menschenkenntnis in puncto Männern zu.

„Moment mal, ich …“, begann der Typ, und Nana war klar, dass er jeden Gedanken in ihrem Gesicht gelesen haben musste.

„Ich weiß, du brauchst das Geld“, fiel sie ihm wütend ins Wort. „Zum Haareschneiden vermutlich!“

„Solltest du selbst mal in Betracht ziehen“, konterte er trocken. „Aber die auf deinen Zähnen!“

„Du meine Güte, Nana! Jetzt reicht's aber!“ Nanas Mutter sah aus, als wolle sie jeden Moment explodieren, aber sie versuchte dennoch Ruhe zu bewahren. „Wir zwei sind ja so weit, Ben. Also, ich hoffe, du denkst an mich, wenn du mal wieder eine Wohnung entrümpelst. Und was dich betrifft, junge Dame, wir sollten dringend ein paar Takte miteinander reden!“

„Ciao, Frau Beer!“, verabschiedete sich der Blondschopf lässig und schenkte Nana im Davongehen ein Grinsen, das einem Zähnefletschen glich. „Keep cool, Kratzbürste! Und sei netter zu deiner Mutter, die ist echt in Ordnung!"

„Gibst du mir deine Adresse? Dann weiß ich wenigstens, an wen ich mich wenden kann, wenn ich mal wieder einen Ratschlag brauche!", giftete Nana zurück.

Sie erntete eine eindeutige Geste mit dem Mittelfinger dafür. Allerdings im Schutze des Kastenwagens, so dass ihre Mutter nichts davon sah. Dann spuckte der asthmatische Motor, und die Karre tuckerte vom Hof.

„Vielen Dank", sagte Nanas Mutter gereizt und zündete sich eine Zigarette an. „Musst du unsere Schwierigkeiten jetzt auch noch vor meinen Kunden ausbreiten?"

„Du sollst nicht rauchen", antwortete Nana.

„Und du nicht nerven!", entgegnete ihre Mutter in exakt demselben Ton.

Nana drehte sich zu ihr um und sah, dass sie in kurzen, heftigen Zügen qualmte. Auch so eine Angewohnheit, die im Zuge der Scheidung zum Vorschein gekommen war. Sie trug alte Latzjeans voller Farbreste und ein zerknittertes Herrenhemd, das sie bis zu den Ellbogen aufgekrempelt hatte. Wären da nicht die feinen Falten in den Augenwinkeln und der verkniffene Zug um den Mund gewesen, sie hätte Nanas ältere Schwester sein können.

„Soll ich mich vielleicht dafür bedanken, dass du mir Märchen erzählst?“ Nana klang jetzt nicht mehr aggressiv, sondern nur noch traurig. „Tut mir Leid, dass ich zu früh nach Hause gekommen bin. Vielleicht sollte ich künftig ganz wegbleiben!“

„O Gott!“ Anna Beer drückte die halb gerauchte Zigarette müde in einem alten Farbdeckel aus. „Musst du solche Dinge sagen, Nana?“

Nana straffte trotzig die Schultern. Sie dachte nicht daran, sich für ihren unbeherrschten Ausbruch zu entschuldigen. *Sie* hatte die Familie schließlich nicht auseinander gebracht. Sie war nur das Opfer, das alles ausbaden musste.

„Ich habe dir oft genug erklärt, dass die Finanzen des Geschäfts nichts mit unserem Privathaushalt zu tun haben“, sagte ihre Mutter leise, aber betont. „Wir leben vom Gewinn, und nicht davon, dass wir die Substanz aufzehren!“

Nana kannte diese Rede auswendig. Sie lachte hämisch und kickte mit einem Fuß ungeduldig gegen das spindelige Möbelstück. „Wenn das unsere Substanz sein soll, dann ist es nicht weit her damit!“

Wie zum Beweis begann der wackelige Schreibtisch zu schwanken und geriet dann in eine bedrohliche Schräglage.

„Bist du verrückt geworden?“, rief Frau Beer entsetzt.

Nana griff hastig zu, ehe die kostbare Neuerwerbung umkippte. Eine Schublade rutschte heraus, aber Nana konnte den Tisch noch rechtzeitig festhalten.

Ihre Mutter schüttelte resigniert den Kopf. „Wie oft muss ich dir noch sagen, dass diese Sachen höchst empfindlich sind? Warum hörst du mir eigentlich nie zu? Ich kann reden und reden ...“

Nana hörte ihr tatsächlich in den seltensten Fällen zu. Das alte Klagelied über mangelndes Verständnis für einen schwierigen Neubeginn kam ihr zu den Ohren heraus. Sie wollte eben die verklemmte Schublade zurückschieben, als sie Widerstand fühlte. Sie beugte sich über die Öffnung und tastete mit der Hand nach dem Hindernis.

Eine halb offen stehende Klappe ragte quer über die Leiste. Ein Geheimfach? Neugierig glitten Nanas Finger über steife Papierkanten, dann fühlte sie ein Band. Sie zog daran, und die Klappe schnellte wieder senkrecht. Ein dünnes Päckchen Briefe kam zum Vorschein, vergilbt, anscheinend uralt.

Sie sah zu ihrer Mutter. Sie zerrte eben die nächste Zigarette aus der zerdrückten Packung und suchte auf der Werkbank nach den Streichhölzern. Ohne lange nachzudenken, schob Nana die Briefe in die Tasche ihrer weiten Hose.

„Es hat keinen Sinn“, begann ihre Mutter nach

einem tiefen Lungenzug mit gepresster Stimme von neuem. „Du denkst ausschließlich an dich. Du bist nicht bereit, meine Gründe und Gefühle zu berücksichtigen!"

„Wundert dich das?", entgegnete Nana bitter. „Hast du dich vielleicht um meine Gefühle gekümmert, als du die Scheidung von Dad wolltest? Es ging nur um dich, um dein Leben und deine Pläne!"

„Mit sechzehn solltest du wissen, dass eine glückliche Ehe nicht erzwungen werden kann", entgegnete Anna Beer niedergeschlagen. „Wäre es dir lieber gewesen, wenn Dieter und ich unsere Schwierigkeiten unter den Teppich gekehrt und dir eine nicht existierende heile Welt vorgespielt hätten?"

„Wenn du es genau wissen willst: JA!", schrie Nana unbeherrscht und rannte aus der Werkstatt.

Sie lief zur Haustür hinüber und polterte in den zweiten Stock hinauf. Sie wusste nicht mehr, wie oft sie diese Debatten mit ihrer Mutter schon geführt hatte. Sinnlose Auseinandersetzungen, die nur wehtaten und keine Lösung brachten.

Wie sollte ein Mensch auch verstehen, weshalb ihrer Mutter das lächerliche kleine Antiquitätengeschäft wichtiger war als ihre Familie und ihre Ehe? Wie konnte Anna ihr Egoismus vorwerfen, wenn sie selbst aus lauter Eigensucht alles kaputtgemacht hatte?

Niemand konnte Nana diese Fragen beantworten. Nicht einmal Pece! Ein einziges Mal hatte sie versucht, ihm ihr Herz auszuschütten, aber er hatte kaum die Nase von seiner Computer-Zeitschrift gehoben. Horizontalfrequenzen und Prozessoren interessierten ihn mehr als ihre Probleme. „Eltern sind ohnehin ätzend, das weiß doch jeder!" Mehr hatte er nie dazu gesagt.

Nana ließ den Schulrucksack in die nächste Ecke plumpsen und marschierte in die Küche. Die Pflanzen in den Kräutertöpfen auf dem winzigen Küchenbalkon ließen durstig die Spitzen hängen, und das Frühstücksgeschirr stand gebraucht neben der Spülmaschine.

„Räum das ein, Nana", äffte sie die Befehle ihrer Mutter nach. „Stell dir was in die Mikrowelle, Nana! Mach deine Hausaufgaben, Nana! Sei ein braves Mädchen, Nana. Ich hab jetzt keine Zeit für dich ..."

In der Stille klang ihre Stimme dünn und böse. Nana blinzelte gegen das Brennen in ihren Augen an. Nein, verflixt nochmal! Sie würde jetzt nicht weinen! Weinen war Kinderkram und sinnlos obendrein!

Sie fischte sich ein Glas mit eingelegten Aprikosen aus dem Vorratsschrank und trug es zusammen mit einem Suppenlöffel und einer Packung Kekse in ihr Zimmer. Anna würde einen Anfall bekommen, von wegen Vitaminmangel, Fastfood und Gesundheitsschäden. Krank werden? Das wäre gar nicht so schlecht. Nana malte sich das Bild in den buntesten Farben aus. Zutiefst betroffene Eltern an Töchterchens Bett. Wir tun alles, wenn du nur wieder gesund wirst! Ich schließe das blöde Geschäft! Ich ziehe wieder zu euch! Alles wird gut!

„Gequirlte Kacke!“ Nana sagte es extra laut, damit sie den Blödsinn aus dem Kopf bekam. Das hier war Realität und keine bescheuerte Fernsehsoap. Nackter, unerfreulicher Alltag!

Sie stellte ihr Mittagessen auf dem Schreibtisch unter dem Fenster ab und schlüpfte aus der Jacke. In ihrer Hosentasche knisterte etwas Fremdes, und erst als sie die Briefe in den Fingern spürte, erinnerte sie sich an den Fund aus dem alten Sekretär.

Neugierig drehte sie das Päckchen hin und her und betrachtete es von allen Seiten. Der oberste Brief unter dem verblassten cremefarbenen Schleifchen trug ein rotes Schild „Eilbote Exprès“ und war über Eck mit sieben Briefmarken beklebt, die einen bärtigen Herrn mit der altmodischen Unterschrift „Deutsches Reich“ zeigten. Die Anschrift lautete in Druckbuchstaben „Fräulein Elisa Petanke, Ostseebad Wustrow, Fischland“.

„Ich werd nicht mehr“, murmelte Nana und vergaß die Kekse und Aprikosen. „Fischland, und dann auch noch Petanke, soll das ein Witz sein?“

Sie plumpste auf ihr Bett und löste vorsichtig das Bändchen. Im ersten Kuvert fand sie ein lindgrünes, eng beschriebenes Din-A-5 Blatt mit einem Datum vom Mai 1940! Die steife Tintenschrift war ein wenig vergilbt, aber gut lesbar. Dennoch dauerte es eine Weile, bis sie mit der steilen, altmodischen Schreibschrift zu Rande kam.

Meine liebste Elisa!

Ich weiß schon wieder gar nicht, wo ich anfangen soll, dir zu erzählen. In meinem Glück will ich mich erst einmal für deine lieben Zeilen bedanken, die mich endlich erreicht haben. Wenn du mir von dir erzählst, von deinen Gedanken und Nöten, aber auch von deiner großen Liebe zu mir, dann bin ich so froh, so ganz und gar erfüllt und glücklich, dass du mir das alles anvertraust, dass ich kaum denken kann vor lauter Liebe zu dir …

Nana schluckte und blinzelte. Sie begann noch einmal von vorne, aber der Inhalt blieb gleich. Ein Liebesbrief! Ein wunderschöner, leidenschaftlicher Liebesbrief, den Elisas Verlobter aus dem besetzten Polen nach Wustrow geschrieben hatte, in der naiven Hoffnung, dass der zweite Weltkrieg sie nicht allzu lange voneinander trennen würde. *Mein allerliebster Schatz, ich streiche in Gedanken über dein liebes Köpfchen und erzähle dir dabei von meinem Glauben und meiner*

Hoffnung, von meiner Liebe und unserer Zukunft! Für immer dein Georg!

Nana kam sich vor, als sei sie unversehens in einen rührseligen Film geraten. Einer von der Sorte, bei dem man Chips und Knabberzeug vergaß und stattdessen zum Papiertaschentuch griff. Elisa und Georg. Sie blätterte die Kuverts durch und musterte die verschiedenen Absenderadressen. Georgs letzte Briefe kamen aus Orten, deren Namen sie noch nie gehört hatte. Auch Elisas Adresse änderte sich. Aus dem Ostseebad wurde Nanas Heimatstadt, eine Straße in der Innenstadt. Der letzte Brief stammte aus dem Jahr 1944.

Ich mag nicht von all dem Schlimmen erzählen, das sich um mich ereignet, entzifferte sie Georgs letzte Worte. *Ich halte mich an der Liebe fest, die uns verbindet! Wenn wir ganz beharrlich weiter an unsere Zukunft glauben, dann wird sie uns der Himmel auch schenken. Pass gut auf dich auf, mein Herz, und vergiss nicht, dass ich dich brauche wie die Luft zum Leben!*

Nana stieß behutsam den Atem aus und spürte den Schauer einer Gänsehaut über ihren Rücken rieseln. Hatten Elisa und Georg ihre gemeinsame Zukunft bekommen?

Wie schade, dass sie in all den Umschlägen kein Bild von Georg entdecken konnte. Wie sah ein Mann aus, der seiner Liebsten so gefühlvolle Briefe schrieb? Männlich? Attraktiv? Von sich selbst überzeugt wie der Blonde mit dem Pferdeschwanz? Oder eher wie der stets leicht zerstreute Mädchentraum Pece? Nie in einen Spiegel schauend, jeden Modetrend ignorierend und trotzdem umwerfend. Gab es solche Jungen schon 1940, oder gingen sie erst fünfzig Jahre später in Produktion?

Überhaupt Pece. Nana stieß einen Seufzer aus. Die Chance, dass Paul Conrad jemals etwas anderes als knappste E-Mails oder eine minikurze SMS verschickte, stand eins zu tausend. Pece chattete in Abkürzungen oder schickte Botschaften wie „no time – call back!"

Sogar im direkten Gespräch vermied er überflüssige Schnörkel und drückte sich computermäßig aus. Verpatzte Schulnoten waren ein „Systemabsturz" und langweilige Referate „total strahlungsarm". Dine konnte sich über Peces Privatsprache totlachen, Nana ging sie manchmal auf den Keks. Sie waren seit sechs Wochen zusammen, und im Vergleich zu Georgs Briefen erschien ihr diese Freundschaft mit einem Male auch ziemlich strahlungsarm.

Sie faltete nachdenklich den letzten Brief an den brüchigen Knickstellen. Fast sechzig Jahre alte Liebesbriefe. Hatte der abgewrackte Sekretär in Annas Werkstatt all die Jahre Elisa gehört? Hatte sie ihren Georg geheiratet, und lebte sie mit ihm heute zwischen morschen Möbeln und alten Erinnerungen? Oder hatte der Alltag ihre Liebe zerstört, wie es bei Anna und Dieter der Fall gewesen war?

Nana stapelte die alten Kuverts vorsichtig und verschnürte das Päckchen wieder mit dem Band. Sie kannte keinen Menschen, der so rückhaltlos über seine Gefühle sprach wie Georg. Gab es solch eine Liebe heute überhaupt noch?

2

„Wohnen in bewährter Tradition und elegantem Ambiente! Wohnpark Herzogstraße!“

Das riesige Schild reichte über zwei Stockwerke und präsentierte in knalligen Farben eine hochglanzpolierte neue Luxusversion des schäbigen Jugendstilhauses, das vor Nana in den Sommerhimmel ragte. Die kleiner gedruckten Zeilen besagten, dass ein Immobilienbüro piekfein sanierte Eigentumswohnungen und Ateliers an gut betuchte Zeitgenossen verkaufte.

Baugerüste und Schuttcontainer bewiesen jedoch, dass das elegante Ambiente erst einmal geschaffen werden musste. Hinter den Plastikplanen sah das Anwesen im Moment eher nach Bruchbude aus. Graffitis, vom Smog zerstörte Stuckornamente und rostige Fenstergitter erzählten von jahrelanger Vernachlässigung.

Nana zupfte den vergilbten Brief aus ihrer Jackentasche und verglich die Adresse. Zumindest 1944 hatte Elisa Petanke in diesem Haus gewohnt, und sie hoffte für die unbekannte Empfängerin von Georgs Briefen, dass es damals wohnlicher ausgesehen hatte.

Der seitliche Eingang wurde von zwei schmutzigen Säulen flankiert, die ein graues Vordach trugen. Nana zögerte plötzlich. Was bezweckte sie eigentlich mit dieser peinlichen Detektiv-Nummer? Was wollte sie tun oder sagen, wenn sie herausfand, dass Elisa und Georg tatsächlich noch hier wohnten? Hauste in dieser Baustelle überhaupt noch eine Menschenseele?

Im Grunde war das ganze Unternehmen eine reine Trotzreaktion auf den Streit mit Pece. Soweit man ihre Diskussion überhaupt Streit nennen konnte. Pece hatte lediglich einmal mehr sein völliges Unverständnis für Nanas Pläne bekundet.

„Warum soll ich mit dir in die Videothek gehen? Du suchst doch ohnehin nur Liebesschnulzen aus. Dafür ist mir meine Zeit echt zu schade!“, hatte er ihre Bitte glatt abgeschmettert.

„Klar, du schraubst lieber deinen blöden Prozessor auf und zu!“, hatte Nana wütend geantwortet. Wozu hatte sie eigentlich einen Freund, wenn er keine Minute seiner Zeit mit ihr verbringen wollte? Ihre Vorstellung von einer Beziehung sah anders aus.

„Du meinst das Rechner-Gehäuse“, Pece ließ sich nicht aus der Ruhe bringen. „An Prozessoren schraubt man nicht herum!“

„Es ist mir egal, womit du deine kostbare Zeit vertust“, hatte Nana sich gerettet. „Aber erwarte bloß nicht, dass ich zu Hause herumsitze und

Däumchen drehe, bis der Meister aller Großrechner irgendwann mal Zeit für mich hat!“

Da sie ihrer eigenen Stärke misstraute, wollte sie den Nachmittag lieber nicht in Telefonnähe verbringen. Ihre Entschlossenheit, Pece eine Lektion zu erteilen, war eine Sache, ihre Zuneigung zu ihm eine andere. Besser, es blieb ihr Geheimnis, wie schrecklich sie in ihn verliebt war. Was hatte Dine geraten – nicht klammern!

Bei der Suche nach einer Beschäftigung, die sie weder in die Fänge von Hausaufgaben oder mütterlichen Aufträgen noch in langweilige Ödnis trieb, war sie wieder bei den Briefen aus dem Sekretär gelandet. Warum nicht einmal unter Elisas Adresse nachprüfen, ob sie eine Spur der romantischen Liebenden entdeckte, deren Geschichte sie so sehr faszinierte.

Sie hatte sich auch deswegen auf die Idee gestürzt, weil der Haussegen zwischen Anna und ihr nach dem großen Werkstattkrach ziemlich schief hing. Sie sprachen nur das Nötigste miteinander. Ihre Mutter hatte eine Art, ihr Missfallen durch Schweigen und knappste Antworten zu demonstrieren, die auch der gutmütigsten Tochter die Laune verdarben. Dann schon besser etwas ganz Verrücktes machen.

„Vooorsicht!“

Nana sprang im letzten Moment zur Seite. Ein schwitzender Typ in Muskelshirt und Fetzenjeans schob mit Karacho eine Schubkarre voller Bauschutt genau auf die Rampe des Containers, neben dem sie stand. Es schepperte, eine Wolke von Staub stieg auf, und bis Nana ausgehustet hatte, war er längst wieder auf und davon. Wütend klopfte sie den Staub von ihren Kleidern und brachte sich unter dem Vordach in Sicherheit. Erst jetzt entdeckte sie, dass dieses Gebäude mit zwei anderen einen großen quadratischen Innenhof bildete.

Alle drei Häuser waren bis unter die Dachrinnen mit Baugerüsten zugestellt. Der Staub hatte die letzten Balkonblumen grau gefärbt, und auf den Wäscheleinen hingen nur noch schmutzige Klammern. Alle Haustüren standen sperrangelweit offen, damit die Handwerker ein- und ausgehen konnten.

Drei müde Kastanienbäume schlossen die vierte Seite des Karrees zur Straße hin ab. In ihrem Schatten parkten kleine Kastenwagen und Handwerkerautos. Die meisten von ihnen schmutzig, angerostet und mit eingedrückten Stoßstangen. Nana fand, dass sie nicht gerade nach der ersten Garnitur von Baufachbetrieben aussahen. Was tat sie hier eigentlich? In diesem Chaos wohnte garantiert niemand mehr.

Sie wollte gerade auf dem Absatz kehrtmachen, als sie das Auto entdeckte. Dieses vertraute Burgunderrot, bei dem man nicht genau entscheiden konnte, was stumpfer Lack oder schlichter Rost war, hatte sie doch schon einmal gesehen! Klar, das blonde Pferdeschwänzchen mit dem Sperrmüll-Sekretär! In solchen Häusern machte der also seine zweifelhaften Geschäfte!

Nanas Fantasie ging sofort mit ihr durch. Sie erinnerte sich an die Geldscheine, die Ben lässig in seiner Jeanstasche verstaut hatte. Obwohl sie sich demonstrativ nicht für das Geschäft ihrer Mutter interessierte, wusste sie dennoch, wie schwierig und zeitraubend es war, wirklich echte Antiquitäten zu finden.

Annas kleines schwarzes Telefonbuch enthielt neben den üblichen Familiennummern auch die von Trödlern, Altwarenhändlern, Gebrauchtwaren-Märkten, Flohmarkt-Spezialisten und einer Reihe von dubiosen Firmen, die sich mit Wohnungsauflösungen und Entrümpelungen durchschlugen. Gehörte Ben zu ihnen, oder war er als Ein-Mann-Unternehmen im Einsatz?

Vielleicht klaute er das Zeug sogar, das er an ihre Mutter weiterverkaufte? Erst wickelte er sie mit seinem jungenhaften Unschuldslächeln ein, und dann drückte er ihr Hehlerware aufs Auge. So wie Ben sich benommen hatte, traute ihm Nana jede Schlechtigkeit zu.

Naja, vielleicht nicht jede. Sie verzog den Mund. Nur weil da eine Rostlaube stand, die seinem Kastenwagen glich, musste sie ja nicht gleich eine Räuberpistole erfinden. Vielleicht täuschte sie sich ja auch. Außerdem war sie hier, um nach Elisa und Georg zu suchen, und nicht nach einem Nachwuchs-Trödler.

Das Klingelbrett mit den angelaufenen Messingschildern und den eingedrückten Knöpfen befand sich genau hinter ihrem Rücken. Niemand hatte sich die Mühe gemacht, die Namen zu entfernen. Der letzte in der obersten Reihe lautete Elisabeth Gregori. Gregori und nicht Petanke.

Nana blinzelte. Elisa war doch eine Abkürzung von Elisabeth? Sie hatte Georgs Familiennamen auf den Briefen nie richtig entziffern können. In seiner Schrift glichen sich Buchstaben wie *n*, *r* und *e* auf seltsame Weise, so dass sie oft raten musste, wie ein Wort lautete, bis ihr der Zusammenhang weiterhalf. Beim Familiennamen jedoch kam sie auf keinen grünen Zweig. Irgendetwas Ungewöhnliches, das mit G begann. Konnte es wirklich Gregori heißen? Zumindest die Länge des Namens kam einigermaßen hin, der Rest blieb ihrer Fantasie überlassen.

Damit war die Entscheidung gefallen. Nana schlüpfte hinein, lief die ersten vier ausgetretenen Marmorstufen hinauf und fand sich in einem großzügigen Treppenhaus wieder. Breite Holzstufen, sorgsam gedrechselte Geländer und Reste von Stuck bewiesen, dass dies einmal ein prachtvolles Haus gewesen sein musste. Es gab keine schlichten Wohnungstüren, sondern breite Eingangselemente mit verschlungenen Schnitzereien und bunten Glasfenstern, die Nana unschwer als Jugendstil erkannte.

Anna hatte sie offensichtlich mehr beeinflusst, als ihr selbst bewusst geworden war. Vielleicht tat es ihr deswegen auch so Leid, dass die meisten der schmalen Fenster beschädigt oder zerschlagen waren und das Holz der Türen teilweise höchst schlampig nachlackiert worden war.

Irgendwo hämmerte jemand in ohrenbetäubendem Lärm gegen dröhnende Wasser- oder Heizungsrohre, und von weiter oben drangen Stimmen herunter. Vorsichtig kletterte Nana Stufe für Stufe in den dritten Stock. In der zweiten Etage hatte sie den Eindruck, dass es noch ein paar Bewohner geben musste, denn sie hörte neben dem Handwerkergetöse auch Musik und das nervöse Piepsen eines Handys. Die Stimmen kamen aus dem dritten Stockwerk, und sie wurden lauter, je näher Nana kam.

Auf dem Treppenabsatz blieb Nana stehen und sah sich neugierig um. Auf dem staubigen Flur zeichnete sich das Hin und Her vieler Füße ab, und das Fenster zum Hof stand offen. Genau gegenüber stand auch die Tür einer Wohnung weit auf, und hier fand die Auseinandersetzung statt, die Nana schon viele Treppen weiter unten gehört hatte.

„Elisabeth Gregori“, las sie auf dem sorgsam polierten Messingschild über dem Briefkastenschlitz der Tür. Auch die bunten Glasscheiben blitzten frisch geputzt, und auf einem Fußabstreifer vor dem Eingang stand „Herzlich willkommen!“

„Ich will, dass Sie sofort meine Wohnung verlassen!“, hörte sie in einem winzigen Moment der Stille plötzlich eine Frau empört ausrufen. „Auf der Stelle, haben Sie mich verstanden?“

„Aber Frau Gregori ...“

„Sie wissen, dass Sie uns das Recht ...“

„Sie hatten doch selbst die Möglichkeit ...“

„Warum hören Sie nicht auf uns, Frau Gregori ...“

Alles wurde zur gleichen Zeit gesagt, und Nana hatte Mühe, in dem Durcheinander einzelne Worte zu verstehen. Eines begriff sie jedoch ohne große Erklärung. Hier wurde eine alte Dame von irgendwelchen Kerlen glatt überfahren und bedrängt!

Spontan, unüberlegt und in bester Absicht, wie es ihre Art war, stürzte Nana sich mitten in die Ereignisse. Die offene Wohnungstür führte über einen spärlich beleuchteten Flur in das Wohnzimmer, und die Szene, die sich dort abspielte, prägte sich ihr wie ein Foto ein.

Eine weißhaarige, zierliche Frau in altmodischem blauem Faltenrock und gerüschter weißer

Bluse stützte sich auf einen Stock mit Silbergriff. Sie wurde von den vergilbten Spitzengardinen eines Blumenfensters umrahmt, in dem ein Gummibaum mit einer weiß-grün-blätterigen Wucherpflanze um Licht kämpfte. Ihr gegenüber standen, eine Spur zu nahe, zwei smarte Männer mit dunklen Aktenkoffern und modischen Anzügen. Einer fast kahl geschoren und solariumbraun. Der andere mit angeklatschten dunklen Haaren und einer hoch geschobenen Sonnenbrille auf dem Kopf.

Der dritte im Team ließ Nana kurz nach Luft schnappen. Der blonde Pferdeschwanz und die Jeans waren unverkennbar: Trödler-Ben! Zusammen mit den dubiosen Manager-Typen musterte er Nana, als sei sie eben aus dem Gummibaum gestiegen und nicht ganz normal durch die Tür gekommen.

„Finden Sie nicht, dass Sie Frau Gregoris Bitte Folge leisten sollten?“, fragte Nana in ihrem höflichsten Ton mitten in das plötzliche Schweigen hinein. Dass ihr das Herz vor lauter Aufregung irgendwo zwischen Kehlkopf und Großhirn wummerte, sah man ihr glücklicherweise nicht an.

„Wer bist du denn?“

„Kleine, misch dich hier nicht ein …“

Nanas Angst machte schlagartig aufflammender Wut Platz. „Kleine“ war einer von den Ausdrücken, bei denen sie auf Knopfdruck rot sah.

Sie griff viel sagend in ihre Jackentasche. „Ich brauche nur dreimal auf mein Handy zu tippen, dann habe ich den Polizeinotruf an der Strippe. Hausfriedensbruch nennt man das, was Sie hier machen!“

Als Tochter eines Anwalts hatte sie auch bei Dieter einiges aufgeschnappt. Unter anderem den guten Rat, dass man sich die eigene Unsicherheit nie anmerken lassen sollte und vor allen Dingen nie die Augen niederschlagen durfte. Sie fixierte den gebräunten Kahlkopf aus schmalen Augen und drückte die Packung Papiertaschentücher so energisch gegen das Jackenfutter, dass der Umriss sehr wohl ihre Drohung bestätigte.

Die beiden Anzugtypen wechselten einen schnellen Blick und ebenso fix ihre Taktik.

„Nur keine Aufregung“, ölte der Bebrillte mit schleimiger Stimme. „Wir wollten ja nur Ihr Bestes, Frau Gregori. Entschuldigen Sie die Störung, aber überlegen Sie sich unser Angebot bitte noch einmal ganz genau. Sie können uns jederzeit anrufen!“

Sie rückten ab, lediglich der Pferdeschwanz-Typ blieb wie angewachsen stehen. Nana ließ die Papiertaschentücher los und stemmte die Arme angriffslustig in die Seiten. Seltsamerweise hatte sie vor Ben überhaupt keine Angst.

„Das gilt auch für dich!“, zischte sie nach ein paar Sekunden.

Er ignorierte sie und ging zu der alten Dame, die plötzlich ziemlich verwirrt aussah.

„Setzen Sie sich doch, Frau Gregori!“, hörte sie ihn sagen. „Soll ich Ihnen ein Glas Wasser bringen? Wo haben Sie Ihre Tropfen?“

Für Nana klang das wie der scheinheilige Versuch, diese arme alte Dame auf besonders schlimme Art weiter zu manipulieren. Schämte sich der Typ eigentlich gar nicht? Ein kurzer Blick durch das Zimmer zeigte ihr, dass es genau jenes Sammelsurium von altmodischen Möbeln und Erinnerungsstücken enthielt, das den Jagdinstinkt ihrer Mutter geweckt hätte. Sie zweifelte keine Sekunde daran, dass Ben das spindelbeinige Rokoko-Ding aus dieser Wohnung geholt haben musste.

„Mach die Fliege!“, fauchte sie und trat einen Schritt auf Ben zu. Dass er einen ganzen Kopf größer war als sie, bemerkenswert breite Schultern und ziemlich große Hände hatte, entging ihr in diesem Moment völlig. Sie war wütend. Völlig außer sich, am liebsten wäre sie mit den Fäusten auf den Typ losgegangen. Sie hatte das Gefühl, Elisabeth Gregori etwas schuldig zu sein, nachdem sie sich ungefragt in ihr Leben gedrängt hatte.

„Heiliger Strohsack!“, murmelte Ben, und sie konnte nicht sagen, ob das nun beeindruckt oder amüsiert klang. „Du meinst das tatsächlich ernst, was?“

„Die Sache mit der Polizei?“ Nana nahm an, dass er sich auf die Drohung von eben bezog. „Klar! Frau Gregori hat euch gebeten zu gehen ...“

„Meinetwegen“, gab er nach einer winzigen Pause überraschend nach. „Ich sehe schon, Sie sind in den besten Händen, Frau Gregori! Nana wird es mit jedem Ungeheuer aufnehmen, das Sie bedroht! Aber bitte versprechen Sie mir, dass Sie nicht wieder einfach die Wohnungstür aufmachen, wenn es klingelt! Ja?“

Nana runzelte die Stirn und folgte ihm misstrauisch auf den Flur hinaus. In der Tür blieb er noch einmal stehen und sah sie höchst seltsam an.

„Man sieht sich!“

„Lieber nicht!“, schoss Nana aufgebracht zurück. „Typen, die alte Damen übers Ohr hauen und bedrohen, sind nicht mein Fall!“

Zu allem Überfluss lachte der Kerl auch noch. Er zog die Tür hinter sich zu, und sein Lachen klang sogar durch die Ritzen des alten Holzes. Unten legte der Klempner einen Zahn zu, und die altmodischen Scheiben in den Bleirahmen klirrten und ächzten.

Nana bekam erst jetzt die Angst, die zuvor angebracht gewesen wäre. Sie hatte einen Herzschlag lang den Eindruck, das alte, abgekämpfte Haus würde jeden Moment in einer riesigen

Staubwolke in sich zusammensinken und sie unter sich begraben. Komplett. Mitsamt ihren ungelösten Problemen, ihren wirren Träumen und ihren unrealistischen Wünschen.

3

„Nana? Was ist denn das für ein Name?“ Die alte Dame sah Nana fragend an.

„Ein Anagramm von Anna“, sagte Nana und fügte hinzu. „Man nennt das so, wenn man die Buchstaben eines Wortes durcheinander wirft, damit man ein neues Wort dafür bekommt!“ Sie hatte das Gefühl, dass Elisabeth Gregori für viele Dinge eine Erklärung benötigte.

„Und warum dann nicht gleich Anna?“, forschte die alte Dame pedantisch.

„Anna heißt meine Mutter“, sagte Nana. „Als ich zur Welt kam, haben sich meine Eltern noch geliebt. Damals wollte mein Vater unbedingt eine kleine Anna, aber Mam war dagegen, und so ist es zu Nana gekommen. Der Name ist okay, solange nicht irgendwelche Dödel auf die Idee kommen, Nan oder Nanni zu sagen.“

„Nana“, wiederholte Frau Gregori, als müsse sie sich mit dem Namen erst anfreunden. „Das war wirklich nett von dir, dass du diese Männer fortgeschickt hast. Sie belästigen mich ständig mit ihren Vorschlägen, Papieren und Besuchen! Möchtest du ein Tässchen Kaffee mit mir trinken?“

„Danke, bleiben Sie lieber sitzen“, hielt Nana die alte Dame davon ab, in die Küche zu gehen. „Sie haben sich bestimmt schrecklich aufgeregt?“

„Ach weißt du …“, begann Frau Gregori und verlor sofort wieder den Faden. „Kaffee wäre jetzt sicher gut. Um diese Zeit nehme ich immer ein Tässchen Kaffee zu mir …“

Nana sah ein, dass ihre Gastgeberin bei aller Zerbrechlichkeit einen ausgeprägten Willen besaß. Wenn sie Kaffee haben wollte, dann musste das wohl sein.

„Soll ich den Kaffee für Sie machen?“, bot sie an. „Ich koche auch oft Kaffee für meine Mutter. Sie müssen mir nur sagen, wo ich die Zutaten finde.“

„Das steht alles in der Küche auf der Kredenz! Aber bitte lass das Wasser gut sprudeln, ehe du es aufgießt“, sagte die Alte dankbar und lehnte sich in ihrem Sessel zurück. „Du bist ein sehr nettes Mädchen, aber das weißt du vermutlich selbst!“

Nana wusste nicht recht, was sie darauf antworten sollte. „Danke“ klang blöde, und „halb so wild“ gehörte vermutlich nicht in den überholten Sprachschatz der alten Dame. Sie entschied sich für ein Lächeln.

Sie hatte wenig Erfahrung mit Rentnerinnen. Ihre Großmütter waren beide gestorben, als sie noch sehr klein gewesen war, und sie konnte sich kaum an sie erinnern. Im Haus an der Clemensstraße lebte eine bunte Mischung aus jungen Familien, Singles und Wohngemeinschaften. Die meisten Hausbewohner waren noch berufstätig und so mit sich selbst beschäftigt, dass man wenig Kontakt miteinander hatte.

Vielleicht fand Frau Gregori wieder ein bisschen zu sich zurück, wenn sie ihren gewünschten Kaffee bekam. Statt der erwarteten Kaffeemaschine entdeckte Nana auf der Kredenz, die sich als höchst altmodisches Küchenbüfett mit Glasscheiben und Gewürzschütten entpuppte, lediglich ein Glas mit herzschonendem Pulverkaffee. Auf dem alten Herd, der fast noch ehrwürdiger als der Schrank aussah, stand ein chromfarbener Wasserkessel mit Pfeiftülle. An der Wand dahinter hingen an bunten Plastikhäkchen, die die Form verschiedener Früchte hatten, selbst gehäkelte Baumwoll-Topflappen.

Nana staunte die museumsreife Küche an, während sie Wasser in den Kessel tat, den Kippschalter des Herdes umlegte und aus dem Schrank eine von vielen goldgeränderten Blümchentassen nahm. Sammeltassen. Auch die kannte sie von Anna.

„Ach, ist das schön, dass ich ein wenig Gesellschaft bei meinem Kaffeestündchen habe“, freute sich Frau Gregori, als Nana das Tablett, das sie ebenfalls in der Küche gefunden hatte, mit Tasse,

Zuckerdose und Milchkännchen neben die alte Dame stellte. Das Milchkännchen hatte sie im Kühlschrank gefunden, der wie ein Modell aus den Sechzigern aussah und damit mit Abstand das jüngste Möbelstück in diesem antiquierten Haushalt war.

Nana setzte sich und sah zu, wie die Greisin mit unsicherer Hand ein paar Zuckerkristalle verstreute, ehe sie das dampfende Gebräu in der Tasse umrührte. Es juckte sie in den Fingerspitzen, ihr zu helfen, aber sie hatte gleichzeitig den Eindruck, dass sie sich damit zu weit vorwagen würde. Es lag sicher nur am Schreck, dass Frau Gregori so altersschwach und gebrechlich wirkte.

„Diese unerträglichen Männer“, kam die alte Dame völlig übergangslos wieder auf Nanas Fragen zurück. „Seit einem halben Jahr belästigen sie mich. Ich lebe hier zur Miete, und sie wollen, dass ich diese Wohnung kaufe! Ich frage dich, weshalb sollte ich eine Wohnung kaufen, in der ich ohnehin schon lebe? Und noch dazu für so viel Geld! Meine Rente genügt gerade mal so für die Miete und zum Leben …“

Nana erinnerte sich an das Reklameschild auf der Straßenseite. „Hat man Ihnen die Wohnung eigentlich gekündigt?“

Die alte Dame winkte ab. „Ach, da sind so viele Briefe und Aufforderungen gekommen. Ich hab das gar nicht mehr alles gelesen. Ich will hier in meinen vier Wänden bleiben und meinen Frieden haben. Hier ist alles so, wie ich es gewohnt bin, wie es mein lieber Mann und ich damals eingerichtet haben!“

Das Stichwort erinnerte Nana wieder an den eigentlichen Grund ihres Besuches. Frau Gregoris Mann, das musste jener Georg aus den Briefen sein.

„Lebt Ihr Mann denn nicht mehr?“, fragte sie vorsichtig.

„Er ist vor fünfzehn Jahren gestorben“, seufzte die alte Dame. „Es wäre ihm nicht recht gewesen, wenn ich hier ausziehe, weißt du. Er war so stolz darauf, dass er diese Wohnung für uns gefunden hat. Das war gar nicht so leicht damals. Gleich nach dem Krieg, aber das kannst du ja nicht wissen. Du bist noch so jung ...“

„Ihr Mann war auch im Krieg?“, tastete sich Nana vorsichtig weiter.

„Natürlich, Kindchen, alle Männer waren das. Eine schlimme Zeit. Das Warten, das Fürchten, und wenn dann nicht einmal mehr Briefe kamen ... Ach ja ...“ Sie verstummte und schien ganz in ihre eigenen Gedanken vertieft.

Nana kam sich mehr denn je wie ein unerwünschter Störenfried vor. Was hatte es für einen Sinn, die alte Dame nach ihrem Georg zu fragen? Die vergilbten Liebesbriefe würden alte Erinnerungen wecken, vielleicht sogar Schmerz bereiten. Sie brachte es nicht übers Herz, das zu tun. Besonders nachdem Elisa ohnehin schon genug Schwierigkeiten hatte.

Die beiden Aktenkofferträger und Ben würden die Sache mit der Wohnung nicht auf sich beruhen lassen. Sie waren lediglich gegangen, weil sie einen Skandal mit Polizeibeteiligung vermeiden wollten. Sie würden es von neuem versuchen, und dann war Nana vielleicht nicht im Hause, um der Greisin zu helfen.

„Sie werden etwas wegen der Wohnung tun müssen, Frau Gregori“, murmelte sie sanft, und die alte Dame sah irritiert auf.

„Aber nein, Kindchen. Ich brauche kein neues Bad mit einer Duschkabine, auch keinen Dunstabzug in der Küche, keine neuen Böden und Fenster! Mir gefällt alles, so wie es ist. Wer weiß denn, ob meine Blumen überhaupt auf die neuen Fensterbretter passen würden. Das Beamtenkraut und der Gummibaum standen bis zu seiner Rente im Büro meines Mannes beim Einwohnermeldeamt. Danach hat er sie mit nach Hause gebracht. Wir sind alle gemeinsam alt geworden, Lieschen, hat er gesagt, jetzt gehen wir auch gemeinsam in Rente …“

Nana unterdrückte ein Lächeln. Ein solcher Gedanke passte zu dem romantischen Georg aus den Briefen. Ein Mann, der sich um Pflanzen kümmerte und seine Frau liebte. Altmodisch, aber irgendwie schön. Man sollte das Haus erhalten und nicht gewaltsam luxussanieren!

„Das Beste wäre, wenn Sie die Männer einfach nicht mehr in Ihre Wohnung lassen, Frau Gregori!“, sagte sie ein wenig lauter, um die Aufmerksamkeit der alten Dame zu fesseln. „Sie haben das Hausrecht hier, das weiß ich bestimmt. Mein Vater ist nämlich Rechtsanwalt. Ich werde ihn fragen, ob er Ihnen helfen kann. Ich bin sicher, dass man Sie nicht einfach auf die Straße setzen kann, wenn Sie jahrzehntelang in diesem Haus gelebt haben.“

„Wer sagt denn, dass sie mich auf die Straße setzen wollen?“, widersprach die Greisin verwundert. „Sie sagen, ich soll in ein Altersheim gehen. Sie haben mir irgendwelche Broschüren und Papiere gebracht. Aber was soll ich denn dort unter diesen ganzen alten Leuten? Ich kenne da niemand, ich will da nicht hin!“

„Niemand kann Sie zu irgendetwas zwingen“, versprach Nana. Erstens, um die alte Dame wieder zu beruhigen, und zweitens, weil die ganze Angelegenheit ihrem Gerechtigkeitsgefühl widersprach. Eine so gut organisierte Renovierungs- und Immobilien-Maschinerie gegen eine einzige hilflose Rentnerin, das war eine Gemeinheit. „Ich werde gleich morgen mit meinem Vater sprechen!“

„Kommst du denn morgen wieder, Nicole?“

Frau Gregori legte den Kopf ein wenig schief. „Ich freue mich ja so, dass du mich endlich einmal besuchst."

„Ich heiße Nana", verbesserte Nana sanft. „Nana Beer, nicht Nicole."

„Ach?" Die alte Dame schüttelte verwirrt den Kopf. „Du machst dich lustig über mich. Du bist Evas Tochter, nicht wahr? Aber das ist ja egal, Hauptsache, du kommst morgen wieder!"

„Versprochen", sagte Nana und versuchte, nicht auf ihren Namen zu beharren.

Kein Wunder, dass Frau Gregori durcheinander war. Nach dem lautstarken Aufstand mit den Immobilien-Haien wäre vermutlich auch eine jüngere Frau ziemlich durch den Wind gewesen. „Aber bitte versprechen Sie mir, dass Sie keinem Fremden die Tür aufmachen! Auch keinem von diesen Männern!"

„Aber natürlich!" Nana sah ein zitterndes Lächeln, das hunderte von winzigen Fältchen in dem blassen Greisinnengesicht kräuselte. „Ich bin ohnehin lieber für mich allein. Ich unterhalte mich mit deinem Großvater, weißt du. Er ist immer bei mir ..."

Nana schluckte. Wie schade, dass Georg schon tot war, sie hätte ihn gerne kennen gelernt. Irgendwie hatte sie das Bild eines weißhaarigen Hollywoodstars vor Augen, der mit mildem Blick die Welt betrachtete und seine Elisa anbetete. Elisa, die jetzt das weiß-grüne Beamtenkraut ansah und mit ihren Gedanken ganz weit weg war. Sicher bei Georg.

„Alles wird gut werden“, sagte Nana sanft. „Mein Vater hat eine Menge auf dem Kasten. Er findet bestimmt einen Weg, Ihnen zu helfen! Ciao ... äh ... ich meine, auf Wiedersehen!“

„Auf Wiedersehen, Kindchen!“, murmelte die alte Dame versonnen. Sie saß in ihrem Sessel, die dünnen Beine ordentlich nebeneinander gestellt, jede Rüsche an ihrer Bluse perfekt. Wie eine der kostbaren Porzellanpuppen, die bei *Art & Antiquitäten* in der Glasvitrine saßen. Reglos, nicht aus dieser Zeit.

Nana zog die Wohnungstür zu und versicherte sich, dass sie auch nicht von außen wieder geöffnet werden konnte. Dann ging sie sehr langsam nach unten, immer darauf wartend, dass die Männer mit den Aktenkoffern hinter der nächsten Ecke auftauchten. Aber sie waren tatsächlich weg. Lediglich Ben stand neben seiner Rostlaube im Hof und packte Bücher aus einer Kiste auf den Beifahrersitz. Der hatte echt Nerven!

Nana konnte der Versuchung nicht widerstehen. Etwas an Bens überheblicher Art reizte sie.

„Was suchst du hier eigentlich?“, fragte sie böse. „Frau Gregori macht dir nicht mehr auf. Sie hat mir versprochen, dass sie ihre Tür nicht mehr öffnet.“

„So?“ Ben gab sich wortkarg.

„Wieso verdrückst du dich nicht einfach und suchst deinen alten Kram woanders?“

„Sorry?“

Er sah auf sie herab, und Nana entdeckte zum ersten Mal, dass er höchst eigenartige Augen hatte. Der graue Kreis der Iris war zum Weiß der Augäpfel hin dunkel umrandet. Es sah aus, als hätte er ihn mit ultramarinblauem Eyeliner in Millimeterstärke umrandet. Es verlieh seinem Blick eine eigenartige Eindringlichkeit, und Nana benötigte ein paar Herzschläge, ehe sie begriff, dass er nach dem fragenden „Sorry?“ längst weitersprach.

„Du kannst mich hier nicht rauswerfen, Nana Beer! Nur zu deiner Information: Ich wohne hier.“

„Quatsch!“, rutschte es ihr heraus.

„Wirf doch mal einen Blick auf die Klingel. Benedikt Meister. Mansarde. Informatik-Student, und nicht Miethai, wenn du das von mir denken solltest!“

„Ach nein?“ Wenn Nana so wütend war wie jetzt, dann redete sie erst und dachte später. Bens arroganter Ton ließ ihr alle Sicherungen durchbrennen. „Für einen Miethai schaust du auch zu harmlos aus. Es reicht vermutlich gerade mal für ihren Handlanger. Von Typen wie dir habe ich in der Zeitung gelesen. Ihr zieht gegen Knete in

Häuser ein, um dafür zu sorgen, dass auch die letzten armen Schweine, die sich gegen die Luxussanierung wehren, freiwillig das Weite suchen. Da legt man die Heizung lahm, stellt den Lift ab, macht Tag und Nacht Lärm und erschreckt die Leute, stimmt's?"

Ben hob spöttisch die Brauen. „Woher weißt du solche Sachen?"

„Ich bin sechzehn, ich kann lesen, und ich bin nicht bescheuert!", platzte Nana heraus. „Hast du keinen besseren Job gefunden?"

„Vielleicht wird der so gut bezahlt", sagte Ben und grinste ein Zahnpastalächeln.

„Klar, wenn man bedenkt, dass du Frau Gregori und den anderen auch noch die Möbel abschwatzt, die du dann meiner Mutter für teures Geld unterjubelst, dann kommst du sicher gut über die Runden. Du solltest dir bei Gelegenheit ein neues Auto kaufen, die Schrottkiste fällt bald auseinander!"

„Mannomann", Ben kratzte sich am Kopf und zog den Gummi um seinen Pferdeschwanz fester. „Wie kann eine so nette Mutter eine solche Ätz-Tussi wie dich in die Welt setzen? Bestehst du eigentlich nur aus dämlichen Vorurteilen und gesundem Egoismus?"

„Lieber Egoist als Verbrecher!"

„Jetzt mach mal halblang! Ich bin Student und kein Gangster, ist das klar?"

„So klar wie der Lack auf deiner Luxuskarosse, Benedikt Meister. Aber das eine sage ich dir, bei meiner Mutter kriegst du kein Bein mehr auf den Boden. Der sage ich Bescheid, was du für eine Type bist! Der jubelst du keine geklauten Sachen mehr unter!"

„Arme Anna Beer", sagte Ben kalt und knallte das letzte Buch auf den Sitz. „Deine Mutter tut mir echt Leid! Ist schon ein schweres Schicksal, mit so 'ner Tochter geschlagen zu sein!"

„Blödmann!"

„Giftspritze!"

Damit waren die Fronten geklärt.

4

„Dieser Pece hat angerufen, du sollst dich bei ihm melden!“

Nana schwieg. Sie empfand nicht einen Hauch von Zufriedenheit über Peces erstaunlichen Anruf. Sie fühlte sich leer. Müde. Ohne das kleinste positive oder negative Gefühl. Vermutlich hatte sie an diesem Nachmittag so viele verschiedene Emotionen empfunden und ausgelebt, dass der Akku erschöpft war.

„Nanaaa!“

„Jaaa, ich hab's gehört“, nahm sie den mütterlichen Anpfiff vorweg.

„Meine Güte, einen Ton hast du!“

Wer hat denn damit angefangen?, hätte Nana am liebsten gefragt, aber sogar für den üblichen Mutter-Tochter-Streit fehlte ihr die Energie.

„Willst du nicht zurückrufen?“ Ihre Mutter trat in die Küchentür, die halbe Tomate in der Hand, an der sie gerade herumschnitt. Ihre Miene ordnete Nana zwischen mühsamer Muttergeduld und schlecht verborgener Neugier ein. Die nächste Frage bestätigte ihre Einschätzung prompt. „Habt ihr euch gestritten?“

In Nanas ausgedörrtem Verstand glommen ein paar schwache Alarmlichter auf. Sie ahnte die Richtung der mütterlichen Vermutungen. Ein Streit mit Pece bedeutete den Absturz aus rosaroter Verliebtheit in den grauen Alltag. Endlich eine vernünftige Begründung für die aufgestauten Tochter-Aggressionen.

Aber sie dachte gar nicht daran, ihre Mutter mit einer so einfachen Erklärung ruhig zu stellen. Sollte sie sich ruhig Sorgen machen. Sie hatte schließlich die Familie auseinander gebracht, mit ihren hoch fliegenden Plänen und ihrer ständigen Unzufriedenheit. Sie hatte keinen Grund, sich über die Folgen zu beschweren, und Nana war nicht bereit, ihr den kleinsten Ausweg zu genehmigen.

„Solange kein allgemeiner Stromausfall seinen Computer lahm legt, kann man sich mit Pece nicht streiten“, teilte sie trocken mit.

„Das Abendessen ist gleich fertig. Besser, du telefonierst vorher. Es gibt Schaumomelett, das fällt zusammen, wenn man es stehen lässt!“

Nana verdrehte die Augen. „Ich bin sechzehn. Darf ich bitte telefonieren, wann ich es will?“

„Wenn du nicht wie ein kleines Kind behandelt werden möchtest, dann solltest du dich auch nicht wie eines benehmen“, schlug ihre Mutter gereizt vor. „Wo hast du den ganzen Nachmittag gesteckt? Du solltest die Sachen aus der Reinigung holen!“

So viel zu der Möglichkeit, Anna könnte sich Sorgen um ihre Tochter gemacht haben. Es ging ihr lediglich um die Klamotten, die in der Wäscherei warteten. Typisch. Nana presste die Lippen schmal aufeinander und schwieg trotzig. Im Grunde interessierte es niemanden, was sie tat, dachte oder fühlte. Ihre Eltern ebenso wenig wie Pece!

„So kann es nicht weitergehen, Nana!“ Ihre Mutter schwenkte die Tomate, ohne darauf zu achten, dass ein paar Tropfen Saft durch die Gegend flogen. „Das hier ist kein Hotel, sondern ein gemeinsamer Haushalt. Ich bin nicht deine Haushälterin, sondern deine Mutter. Du wirst gefälligst deinen Teil zu unserem Leben beitragen, oder ich muss die Konsequenzen ziehen!“

Die Drohung war ebenso altbekannt wie die Begleitrede. Beides wurde regelmäßig verkündet, ohne dass sich erkennbare Dinge änderten.

Nana unterdrückte einen Seufzer. Früher war ihre Mutter nicht so angreifbar und schwach gewesen. Es sah aus, als habe sie ihre ganze Stärke in die Scheidung und das Geschäft gesteckt, für Nana war nichts mehr übrig geblieben. Vermutlich, weil sie ihr einfach nicht mehr wichtig genug war.

„Ich geh morgen in die Reinigung“, bot Nana zu ihrer eigenen Verblüffung an und nahm Anna damit den Wind aus den Segeln. „Leg die Zettel und das Geld in die Küche, dann kümmere ich mich darum!"

„Was ist los?" In den Augen ihrer Mutter flackerte prompt Misstrauen auf. „Hast du was angestellt?"

Nana verdrehte die Augen. Mutter-Logik! Was sie auch sagte oder tat, es war garantiert das Falsche!

„Denk doch, was du willst!", sagte sie sanft und verschwand in ihrem Zimmer. Sie knallte nicht einmal die Tür hinter sich zu.

Es war alles so schrecklich daneben. So entsetzlich unentwirrbar und grauenvoll durcheinander. So sehr, dass sie nicht einmal mehr wusste, was sie selbst wollte. Wie konnte sie sechs Wochen lang wahnsinnig verliebt in Pece sein und jetzt nicht einmal mehr Lust haben, ihn anzurufen?

Sie ließ sich mit aufgestützten Armen am Schreibtisch nieder und starrte deprimiert vor sich hin. Von der Pinnwand neben dem Fenster grinste Pece auf sie herab. Eigentlich war es kein richtiges Grinsen. Eher so ein Verziehen der Lippen, halb spöttisch, halb geistesabwesend. Ein bisschen eingebildet und doch wieder so süß, dass die halbe Realschule in Pece verliebt war.

Dine hatte das Foto heimlich auf dem Pausenhof geschossen und Nana vor ein paar Wochen geschenkt, als sie Pece noch hoffnungslos aus der Distanz anschwärmte. Damals war sie vollkommen überzeugt gewesen, dass es so irre blaue Augen, so lässige Bewegungen und so coole Sprüche nur einmal gab.

Inzwischen stellte sie fest, dass diese dreifach tollen Vorzüge nicht viel nutzten, wenn ihr Besitzer an Stelle eines Herzens ein Computer-Betriebssystem in der Brust trug. Was Pece wohl sagen würde, wenn er von Elisa Gregori und ihrem Georg erfuhr? Wenn er die Liebesbriefe las, die Georg geschrieben hatte? Nanas Lächeln wurde zur Grimasse. Pece fand „Gefühlsgesülze" wirklich ätzend.

„Ich finde dich voll okay. Aber erwarte bloß nicht von mir, dass ich deswegen romantischen Schwachsinn absondere!"

Wie hatte sie diesen ungerührten Satz jemals für eine Liebeserklärung halten können? Weil Pece sie danach geküsst hatte? Weil sie vor lauter Herzklopfen, Atemnot und Sternen vor den Augen keinen vernünftigen Gedanken denken konnte? Die Erinnerung an den „Tanz der Vampire", die Schulparty am Karnevalsfreitag, war in allen Einzelheiten in ihrem Tagebuch festgehalten.

Es war eine kleine Sensation gewesen, dass sie Pece allen anderen vor der Nase weggeschnappt hatte. Sogar Dine hatte Mühe gehabt, sich mit ihr zu freuen. Aber der allgemeine Neid, die Eifersucht der anderen Mädchen und das kribbelnde Gefühl bei Peces flüchtigen Küssen auf dem

Schulhof hatten sie in eine watteweiche, rosarote Wolke gehüllt, die keine Zweifel oder Unsicherheit zuließ.

In der letzten Zeit wurde diese Wolke täglich dünner, durchsichtiger, kühler und wirklichkeitsnäher. Weshalb hatte Pece sie beim Schulfest eigentlich aus dem ganzen Pulk seiner Fans herausgeholt und zu seiner Hauptfrau gemacht? An ihrem fantastischen Aussehen konnte es nicht liegen. Nana war viel zu selbstkritisch, um sich mit ihren 170 Zentimetern, Kleidergröße 40 und den geraden, schulterlangen braunen Haaren für den optischen Überflieger zu halten. Sie war nicht übel, aber Durchschnitt. Es gab jede Menge attraktivere Mädchen an der Schule.

Was verstand Pece unter „voll okay"? Dass sie ihn nicht nervte? Dass sie Verständnis für seinen Computer-Tick hatte und nicht beleidigt war, wenn er lieber mit seinen Freunden durch die Elektronik-Läden zog, statt mit ihr ins Schwimmbad zu gehen?

Nana entdeckte, dass ihre Fähigkeit zu fühlen zurückkehrte. Die Leere von eben wich einer schweren Traurigkeit. Der Sehnsucht nach etwas, das sie bei Pece schmerzlich vermisste. Etwas, das zwischen den Zeilen von Georgs Briefen stand und ihr Herz anrührte.

Sie zog die Schublade auf, wo die vergilbten Blätter und Kuverts auf sie warteten. Sie griff nach einem davon, ohne sich um Reihenfolge oder Datum zu kümmern. Seltsamerweise hatte sie dieses Mal mehr Erfolg dabei, sich ein Bild des Schreibers auszumalen. Georg war sicher ein junger Mann mit höchst ungewöhnlichen Augen. Mit grauen vielleicht, deren Iris von dunklem Blau scharf umrandet wurde. Beunruhigende Augen, die irgendwie den Eindruck vermittelten, als könnten sie mehr sehen, als man ihnen zeigen wollte.

Nana runzelte nachdenklich die Stirn. Wie kam sie darauf? Woher kannte sie solche Augen? Von einem Filmschauspieler?

„Das Essen ist fertig!"

Nana schrak zusammen und stopfte den Brief hastig in die Schublade zurück. Sie wollte nicht, dass ihre Mutter sie beim Lesen ertappte und Fragen stellte. Georg und Elisa waren ihr ganz persönliches Geheimnis!

Anna mochte vielleicht den morschen Sekretär besitzen, aber sie besaß ein Stück Liebe!

„Weißt du, ob Dad morgen Gerichtstermine hat?", erkundigte sich Nana gespielt beiläufig zwischen einer Gabel Salat und einem Bissen luftigem Käseomelett.

„Dieter?", wiederholte Anna Beer, als müsse sie sich erst vergewissern, dass sie beide vom gleichen Mann sprachen.

Nana nickte stumm und bereute ihre Frage bereits. Sie hatte nicht daran gedacht, dass auch da ein Machtkampf schwelte, der bei ihrer Mutter auf wenig Verständnis traf. Nana hatte sich bisher standhaft geweigert, ihren Vater in dessen neuer Wohnung zu besuchen. Die Familie Beer hatte ein gemeinsames Dach über dem Kopf, hier in der Clemensstraße, und wenn ihr Vater etwas von ihr wollte, dann sollte er gefälligst nach Hause kommen.

In aller Naivität hatte sie sich nach der Scheidung ausgerechnet, dass ihre Eltern sich nur oft genug sehen müssten, um zu begreifen, dass sie einen schrecklichen Fehler gemacht hatten. Aber die Hartnäckigkeit, mit der sich beide aus dem Weg gingen, wurde nur noch von Nanas Unnachgiebigkeit übertroffen. Immerhin hatte sie von beiden die Gene für ausgeprägten Eigensinn geerbt.

„Willst du dich bei deinem Vater entschuldigen?“, erkundigte sich ihre Mutter aus diesem Grund verblüfft. „Du würdest ihm eine große Freude machen!“

Nana zog eine Grimasse. Wenn ihr so sehr daran lag, dass sie sich mit ihrem Vater versöhnte, warum hatte sie sich dann von ihm scheiden lassen?

„Ich muss ihn was fragen!“, antwortete sie knapp und fügte streitsüchtig hinzu. „Ist das vielleicht verboten?“

Diesmal ließ sich Anna Beer nicht provozieren. „Ich habe noch nicht einmal früher über die Termine deines Vaters Bescheid gewusst. Ruf ihn an, und frage ihn selbst. Aber ehrlich gesagt, ich finde es nicht fair, wenn du Dieters Unterstützung suchst. Wir sollten unsere persönlichen Differenzen unter uns austragen."

Nana starrte ihre Mutter verblüfft an. Sie begriff erst mit einiger Verzögerung, dass Anna offensichtlich annahm, sie wolle sich bei ihrem Vater über sie beschweren.

„Hast du Angst, dass er sich auf meine Seite schlägt?", platzte sie heraus. „Das passiert garantiert nicht. Er ist froh, dass er sich nicht jeden Tag mit einer aufmüpfigen Tochter herumschlagen muss. Das überlässt er schon dir!"

Anna Beer bekam schmale Lippen. „Du hast keine Ahnung, wovon du redest, Nana!"

Prima! Wer verdächtigte hier eigentlich wen zu Unrecht? In letzter Zeit bestand die Kommunikation mit ihrer Mutter hauptsächlich aus Missverständnissen.

„Ich weiß, ich bin zu jung, zu ahnungslos, zu egoistisch, zu dumm, zu kindisch, zu nervenaufreibend und schlicht überflüssig", zählte sie bitterböse auf. „Aber es ist euer Planungsfehler, dass ihr euch ein Kind angeschafft habt, sorry! Ich würde mich ja gerne in Luft auflösen, wenn das möglich wäre."

Nana merkte selbst, dass sie damit zu weit gegangen war. Ihre Mutter wurde blass, und die scharfen Linien in ihren Mundwinkeln zeichneten sich ab, als wären sie mit einem Messer eingekerbt.

Glücklicherweise klingelte ausgerechnet in diesem Moment das Telefon. Nana schoss hoch, sogar auf die Gefahr hin, dass Pece am anderen Ende der Leitung war. Alles, nur nicht weiter Anna ansehen und wissen, dass sie ihr gemein wehgetan hatte.

Peces Stimme klang noch beleidigter als die von Anna. „Hat dir deine Mutter nicht gesagt, dass du mich anrufen sollst?"

„Hat sie, aber ich hatte bisher noch keine Zeit", entgegnete Nana und wechselte den Hörer von einer Hand in die andere. „Soll ab und zu vorkommen, aber das müsstest du ja am besten wissen ..."

Pece schwieg verblüfft. Dass Nana den Streit in der Schule so ernst genommen hatte, brachte ihn kurzzeitig aus dem Takt.

„Was ist los?", fasste er sich schnell wieder und erinnerte sich an ihre Klagen über die Situation zu Hause. „Hast du Zoff mit deiner Mutter? Kann ich dir helfen?"

Wow, eine persönliche Frage von Pece, kombiniert mit einem unerwarteten Angebot! Nana hätte jetzt gern sein Gesicht gesehen.

„Nicht der Rede wert“, wehrte sie dennoch ab. „Was wolltest du von mir?“

„Hast du Lust, nachher mit ins *blue screen* zu kommen? Ich hole dich in einer halben Stunde ab!“

Die Kombination aus Frage und vorausgesetzter Zustimmung war typisch für Pece. Ebenso wie der Vorschlag, ins *blue screen* zu gehen. Aber Nana verspürte nicht die geringste Lust auf einen Abend mit Pece in dem neuen Internet-Bistro. Bei überteuerten Tacos und lauwarmem Mineralwasser mit irgendwelchen Internet-Junkies zu chatten war in ihren Augen kein Freizeit-Brüller.

„Keinen Bock!“, teilte sie Pece deswegen kurz angebunden mit. „Ich muss noch für Bio lernen. Du weißt, dass morgen ein Test in der Luft liegt. Außerdem bin ich total pleite.“

„Pump deine Mutter an!“, schlug Pece vor und überging die Bio-Drohung.

„Eher beiße ich mir ein Monogramm in die linke Wade!“, rutschte es Nana heraus. Finanzdiskussionen würden diesen Tag endgültig auf die Out-Liste bringen.

„He, wenn du nicht willst, frage ich Dine, ob sie mitkommt!“

„Tu, was du nicht lassen kannst“, murmelte Nana so gleichgültig, dass es absolut keinen Zweifel daran geben konnte, dass es ihr wirklich völlig egal war.

„Beschwer dich aber hinterher bloß nicht, dass ich mit einer anderen ausgegangen bin!“

„Dine ist keine andere, Dine ist meine Freundin!“, entgegnete Nana.

„Du bist echt schlecht drauf!“, hörte sie Pece entgeistert antworten. „Sieh bloß zu, dass du wieder normal wirst! Ciao!“

Das klang nach unterschwelliger Drohung. Ein Klicken im Hörer sagte ihr, dass er aufgelegt hatte, ohne ihre Antwort abzuwarten. Was verstand er unter normal? Dass sie auf Kommando Männchen machte, wenn er es von ihr forderte?

Hatte sie sich das eingebildet, oder wollte er sie mit dem Hinweis auf Dine unter Druck setzen? Unsinn, Dine würde ihm was husten! Auch wenn sie Pece noch so süß fand, ihre Loyalität stellte Nana keine Sekunde in Frage. Schon eher den eigenen Verstand.

Nana warf einen prüfenden Blick in die Küche. Der mütterliche Rücken strahlte unversöhnliche Abwehr aus. Sie war vorhin über das Ziel hinausgeschossen, das wusste sie. Trotzdem brachte sie keine Entschuldigung über die Lippen. Auch wenn sie sich im Ton vergriffen hatte, den Inhalt konnte Anna nicht abstreiten! Sonst hätte sie in den vergangenen Monaten doch merken müssen, dass sich Nana wie das fünfte Rad am Wagen vorkam. Wie ein überflüssiges Anhängsel, das keiner haben wollte.

Sie machte kehrt und ging in ihr Zimmer, obwohl es normalerweise ihre Arbeit war, abends den Tisch abzuräumen und das schmutzige Geschirr in die Maschine zu stellen. Doch bei dem Ärger, der zwischen Nana und ihrer Mutter schwelte, war die Verletzung von Haushaltspflichten nur ein jämmerlicher Klacks.

5

„Ey, was war das denn gestern für eine Nummer am Telefon?“

Pece fing Nana auf dem Schulhof ab, als sie vom Bus kam. Hatte er auf sie gewartet? Für einen winzigen Moment verlor sich Nana in Peces Anblick. Seine Augen waren einfach zu blau. Wie das Innere einer Schweißbrennerflamme, die sich in Mädchenherzen brennt. Sobald er einen ansah, hatte man den Eindruck, im Mittelpunkt seiner Aufmerksamkeit zu stehen. Die absolut Einzige zu sein.

„Du wolltest doch ständig, dass wir was zusammen unternehmen“, beschwerte sich Pece weiter. „Was war so wichtig, dass du nicht ins *blue screen* kommen konntest?“

„Nur der übliche Mutter-Knatsch“, entgegnete Nana und ließ zu, dass der blaue Blick den Eispanzer in ihrer Brust auftaute. „Aber ich muss dir was anderes erzählen. Eine ganz irre Geschichte …“

Sie begann ohne Punkt und Komma von den Briefen und dem gestrigen Besuch bei Elisabeth Gregori zu berichten.

Die Wärme in Peces Superblick nahm zusehends ab. Irgendwann verdrehte er sogar die Augen und unterbrach Nanas Redeschwall. „Bist du noch zu retten? Du rennst zu einer senilen Oma, weil du heimlich ihre Liebesbriefe gelesen hast? Was soll der Quatsch? Wenn du mich fragst, schmeiß den Krempel in den Müll!"

An Nanas Begeisterung tropfte jede Kritik ab. „Du solltest diese Briefe lesen, dann siehst du das anders, jede Wette! Sie sind ein einziges Liebesgedicht! Ich musste einfach herausbekommen, ob die zwei am Ende geheiratet haben und glücklich geworden sind."

„Happyend, Geigenmusik, Papiertaschentuch, Schluchz", lästerte Pece hörbar genervt. „Und was hat dieser ganze Käse mit mir zu tun? Ist dir ein Internet-Chat jetzt zu primitiv, nach so viel Gefühlssülze?"

Nanas Augen wurden ganz schmal und eng. Zugegeben, Pece war nicht der romantische Typ, aber musste er deswegen gleich so ekelhaft sein?

„Ich dachte, es interessiert dich vielleicht, was ich fühle und was mich beschäftigt!", erwiderte sie herausfordernd.

„Beschäftigt? Spinnerei ist das!", antwortete er vernichtend.

Nana starrte Pece an, der auf den Zehenballen seiner Turnschuhe wippte und sie betrachtete, als wäre sie ein Computer-Virus, von dem er nicht genau wusste, wie er ihn loswerden konnte. Keine Spur mehr von farbkastenblauer Hypnose. Höchstens herzlose Kälte. Minusgrade, bei denen etwas in ihr erfror!

Sie standen neben der Haupttreppe und wurden pausenlos angerempelt. Nana spürte die Rippenstöße kaum. In ihrem Kopf drehte sich alles. Was hatte sie erwartet? Dass Pece verstand, was sie fühlte? Dass er begriff, wonach sie sich sehnte? Dass er ein Freund war, mit dem sie über alles reden konnte? Dass er ihr zuliebe wenigstens einmal über seinen coolen Schatten sprang?

„Also, wenn du jetzt fertig bist, können wir vielleicht mal wieder normal miteinander reden“, fügte Pece hinzu, als sie stumm blieb. „Wolltest du mir einreden, dass du jetzt Sozialdienst für alte Damen machst? Das ist nicht mein Ding!“

„Aber vielleicht meins!“, murmelte Nana rebellisch.

„Pech für dich!“

Wie hatte sie diese geistlos-gleichgültigen Sprüche jemals gut finden können? Sie schaute Pece an. Ganz genau, von seinen zentimeterkurzen Plüschhaaren bis zu den offenen Turnschuhen. Ihr Herz schlug keinen Takt schneller. Null Reaktion. Es sprach nicht mehr auf Paul Conrad an.

„Fragt sich, wer hier Pech hat!“

Auch Nana konnte cool sein, wenn es sein musste. Außerdem hatte sie im Zuge des elterlichen Scheidungs-Massakers gelernt, die eigenen Gefühle hinter einer Maske zu verstecken.

„Das werden wir ja sehen", sagte Pece und ließ sie einfach stehen.

Nana zuckte mit den Achseln und schaute ihm nach, wie er im Pulk der Schüler in den ersten Stock lief. Einen guten Kopf größer als die Masse und mindestens zwanzig Grad kälter. Vermutlich lag seine Herztemperatur sogar noch unter dem Gefrierpunkt.

Sie horchte in sich hinein. Hatte sie Kummer? Liebeskummer? Nein. Da war eher eine große Niedergeschlagenheit. Die späte Einsicht, dass sie einen Fehler gemacht hatte. Sie hatte geglaubt, dass die Erde nicht um die Sonne, sondern um Pece kreiste. Doch Pece hatte sich als herzloser Planet entpuppt. Trotz attraktiver Umgebung nicht bewohnbar.

Ein paar Zeilen aus einem von Georgs Briefen, die sie gestern Abend vor dem Einschlafen erneut gelesen hatte, spukten durch ihren Kopf: *Berichte mir alles, was du tust. Wenn ich es dann lese, habe ich das Gefühl, ich bin bei dir und kann diesen Tag mit dir verbringen. Weißt du, es ist wunderbar und unfassbar schön, dich zu haben und zu wissen, dass du meine Gefühle teilst. Ich habe das ganz große Vertrauen und die Überzeugung, dass alles gut werden wird und ich dich so glücklich machen kann, wie ich es mir seit langem wünsche!*

Falls Pece sich auf einem Fragment seines persönlichen Prozessors so etwas wie Glück vorstellte, dann vermutlich nur seine eigene egoistische Version. Stundenlang Internet surfen zum Beispiel, ohne sich um die Gefühle eines Mädchens kümmern zu müssen.

„Dieser Bio-Test war ja wohl das Letzte!"

Dine pustete eine weißblond gefärbte Strähne ihrer Stachelfrisur aus der Stirn und biss wütend in einen grasgrünen Apfel. Nana sank neben ihr auf die Holzbank im Pausenhof und behielt die geschlossene Kunststoffbox mit dem Pausen-Sandwich reglos in der Hand. Die Kombination aus Pece-Trennung und dreißig Minuten Bio-Prüfung stresste auch das ausgeglichenste Schülergemüt.

„Was regst du dich auf? Wir wussten doch, dass dieser Hammer über uns schwebt", murmelte sie und legte die Dose achtlos neben sich. Sie hatte keinen Hunger. Sie wollte einfach nur dasitzen und die Sonne auf der Haut spüren.

„Erzähl mir bloß nicht, dass du gelernt hast?" Dine riss die Augen auf und vergaß zu kauen.

„Klar. Das war auf jeden Fall sinnvoller, als mit Pece im *blue screen* abzuhängen", stellte Nana fest und streckte die Beine von sich.

„Dass du noch Nerven zum Lernen gehabt hast, nachdem ihr euch gestern Abend so gezofft habt …" Dine brach ab und attackierte ihren Apfel so heftig, dass sie sich fast verschluckte.

„Ist das seine Version unseres Telefongesprächs?", platzte Nana heraus und verfluchte einen Herzschlag später ihre lose Zunge.

Der Apfel fiel Dine aus der Hand und rollte einem Neuntklässler vor die Füße, der ihn mit einem lauten Kriegsschrei durch den Pausenhof kickte. „Woher weißt du, dass wir uns … Ich meine …"

Das sinnlose Gestotter traf Nana völlig unerwartet. Sie sah Dine erstaunt an. Wenn es je ein Mädchen mit einem schlechten Gewissen gegeben hatte, dann saß es in diesem Moment neben ihr. Aber weshalb sollte ihre Freundin ein schlechtes Gewissen haben?

„Es tut mir Leid, ich wollte nicht, dass du es auf diese Weise erfährst", stammelte Dine jetzt mit hochrotem Kopf und wich ihrem Blick aus. „Aber du hast … ich meine, Pece hat … Ich habe ihn so verstanden, dass du mit ihm Schluss gemacht hast!"

Nana schluckte angestrengt. Irgendwo in ihrem Kopf zählten ein paar kleine graue Zellen zwei und zwei zusammen, und es machte laut vernehmlich „Klick"!

So war das also! Ihre beste Freundin hatte sich ihren Freund geschnappt. Ihren Ex-Freund, aber das hatte Dine gestern Abend noch nicht wissen können. Gestern Abend war der Stand der Dinge lediglich ein unfreundliches Telefongespräch gewesen.

Unter diesem Gesichtspunkt bekam der Streit vor Schulbeginn eine ganz andere Dimension. Hatte Pece ihn absichtlich vom Zaun gebrochen, um sie loszuwerden, weil er jetzt mit Dine zusammen war? Hatte sie ihm in ihrer Ahnungslosigkeit genau die Argumente geliefert, die er gebraucht hatte?

Ihr Blick kehrte zu Dine zurück. Undine Schellinger, die jeder nur Dine nannte und die seit der ersten Klasse Schulfrust, Schwärmereien, Ehrgeiz, Träume und Freizeit mit ihr teilte. Sie hatten den gleichen Sinn für Humor und den gleichen Geschmack. Auch wenn es um Jungen ging!

„War's wenigstens schön?" Nana versuchte tapfer ihren Schock unter Kontrolle zu halten. Sie wusste nicht, wer von beiden sie wütender machte. Pece, der seine Mädchen wie die T-Shirts wechselte, oder Dine, die sich verplappert hatte. Wie lange hätte sie sonst gewartet, ehe sie ihr die Neuigkeit servierte?

„Was heißt hier schön, wir waren im *blue screen*, du weißt, wie es dort ist ...", murmelte Dine verlegen.

„Wie nett für Pece, dass er doch noch eine verwandte Seele gefunden hat, die seine Vorliebe für Tacos und Internet teilt."

Nana kopierte unbewusst den Tonfall ihres Vaters aus zahllosen Debatten mit Anna. Er wusste, wie er die Stimme heben oder senken musste, um seinem Diskussionspartner in aller Höflichkeit den Eindruck zu vermitteln, dass er seine Argumente absolut hirnrissig fand.

Dine stürzte sich auf die einzig mögliche Ausrede. „Warum hast du ihn auch so abfahren lassen?“, fragte sie vorwurfsvoll. „Pece ist nicht der Typ, der einem Mädchen nachläuft. Er hat schließlich seinen Stolz. Erst klammerst du pausenlos wie eine Irre und lässt ihm kein bisschen Freiheit, und dann servierst du ihn am Telefon ab, findest du das okay?“

„Moment mal!“ Nana hob abwehrend die Hände. „Machst du mich jetzt an, weil ich ihm einen Grund verschafft habe, dich anzubaggern? Wo bleibt deine Dankbarkeit?“

„Tu nicht so überheblich“, fauchte Dine hilflos. Sie hielt Nanas Gleichgültigkeit für gut gespieltes Theater. „Für dich sieht es natürlich so aus, als hätte ich dir hinter deinem Rücken den Lover ausgespannt!“

„Ach, das ist schon so offiziell, und ich bin nur die Letzte, die es erfährt? Anscheinend habt ihr mehr getan, als eine Runde gechattet!“, warf Nana ein und sah mit Genugtuung, dass ihre beste Freundin hektische Flecken auf den Wangen bekam.

„Du brauchst gar nicht so boshaft zu sticheln“, verteidigte sich Dine. „Wenn du nicht ständig an ihm herumgemeckert hättest, wäre ich nie mit ihm ins *blue screen* gegangen. Du kannst echt nicht verlangen, dass ich aus lauter Loyalität nein sage und einer anderen die Chance gebe, sich Pece zu schnappen!“

„Das kann ich wirklich nicht“, bestätigte Nana so trocken, dass Dine irritiert blinzelte. „Deine Entschlusskraft hat gesiegt. Den neuen Frauen gehört das Land! Hat er sich bei dir über mich ausgeweint?“

Dines Betroffenheit wich immer mehr der Empörung. Nanas höhnische Bemerkungen hatten ihr gerade noch gefehlt. „Was erwartest du? Typen wie Pece mögen keine zickigen Mädchen. Du solltest deine Launen besser in den Griff kriegen!“

Klar, sie war auch hier die Schuldige! Nana konnte sich lebhaft vorstellen, wie das Gespräch zwischen Dine und Pece verlaufen war.

„Logo, ich habe kein Verständnis für seinen Elektronik-Tick. Ich will nie das tun, was er gut findet, und ich halte seine Kumpel im Internetcafé für einen Haufen beschränkter Cyber-Knallköpfe. Überhaupt bin ich schwierig und nie so locker, wie er sich das vorgestellt hat“, zählte sie an den Fingern auf.

Dine fuhr zurück. „Woher weißt du …“

Nana lachte, obwohl sie lieber geweint hätte. „Ich kann seit neuestem Gedanken lesen. Auch deine. Du brauchst keine Asche unter dein Haarwachs zu mischen und auf Reue zu mimen. Du kannst ihn haben! Aber ohne Rücknahmegarantie!"

„Du bist verrückt!", rief Dine. „Was ist los? Bist du krank? Hast du was genommen?"

Nana schüttelte den Kopf, dass ihre halblangen braunen Haare flogen. „Ich bin gerade dabei, einigermaßen normal zu werden."

„Für mich sieht es eher nach dem Gegenteil aus", seufzte ihre Freundin bedrückt. „Und was bedeutet dieses *normal* für uns?"

„Wie meinst du das?"

„Das weißt du genau. Bleiben wir Freundinnen, oder bin ich für dich eine falsche Schlange, die dich gelinkt hat? Es tut mir so Leid, aber ..." Dines Stimme stockte, und sie verstummte.

Nana zuckte die Achseln und wich ihrem fragenden Blick aus. Sie war traurig, müde und orientierungslos, aber sie wollte trotzdem nicht lügen.

„Im Moment weiß ich gar nichts", sagte sie leise. „Nicht mal die Uhrzeit ..."

Dine schwieg.

6

Das neue Vater-Büro nahm fast die ganze erste Etage eines piekfeinen Neubaus aus Glas und Stahl ein. Nana war zum ersten Mal hier, und die energische Dame, die sie im Vorzimmer abfing, schien keine Ahnung von ihrer Existenz zu haben.

„Es tut mir Leid, Sie können Herrn Doktor Beer jetzt nicht sprechen!“, verkündete sie mit einem Unterton von eisiger Empörung, nachdem sie Nana vom Schulrucksack bis zu den Korkabsätzen in die Schublade „nicht wichtig“ eingeordnet hatte. „Aber ich kann Ihnen schon jetzt sagen, dass er keine jugendlichen Klienten annimmt. Er ist ein anerkannter Spezialist für …“

„Wirtschaftsrecht und Steuerfragen, ja, ich weiß!“, unterbrach Nana sie gereizt. „Und jetzt entschuldigen Sie mich bitte …“

Sie umkurvte die Eisige geschickt und hatte schon die Hand auf der Klinke, ehe die überhaupt begriffen hatte, dass sie ausgetrickst worden war.

„Hi, Dad! Ich hoffe, ich stö…“ Nana blieb der Rest des Satzes in der Kehle stecken. Unwillkürlich sah sie auf das Namensschild, ob sie wirklich die richtige Tür erwischt hatte.

Kein Zweifel. Doktor Dieter Beer. Ihr Vater. Ein Vater, der sich peinlich berührt aus der engen Umarmung einer rothaarigen Frau im eleganten dunkelblauen Designerkostüm befreite.

„Nana! Ach du meine Güte ...“

„Schön, dass du dich über meinen Besuch freust!“ Nana staunte selbst über sich. Wenn sie so weitermachte, konnte sie Kurse in Schock-Bewältigung geben. Brauchte man für so was eigentlich mittlere Reife oder nur rücksichtslose Schlagfertigkeit?

„Also bitte“, entgegnete Doktor Beer und ließ offen, ob er sich damit auf ihr Hereinplatzen oder ihre provozierende Antwort bezog. „Wieso hast du nicht vorher angerufen, dass du mich besuchen willst?“

„Bist du sicher, dass mich Frau Wichtig-Wichtig in deinem Vorzimmer überhaupt mit dir verbunden hätte?“, fragte Nana, während ihre Augen nicht von der Eleganten wichen, die sich jetzt eine Zigarette vom Schreibtisch ihres Vaters nahm, sich selbst Feuer gab und hastig zu rauchen begann. Perfekt, wenn man mal von der gesundheitsschädlichen Nikotinsucht absah. Hochglanz-Luxus-Zeitschriften-perfekt. Die super Karrierefrau schlechthin.

Dieter Beer hielt den Blick für eine stumme Aufforderung und räusperte sich. „Ähm, also ... Ich glaube, ihr kennt euch noch nicht. Das ist

Nana, meine Tochter, und das ist Frau Doktor Annika Steinfeld-Beck, meine Partnerin in dieser Kanzlei."

„Guten Tag, Nana!"

Nana presste stumm die Lippen aufeinander, während sich in ihrem Kopf die Stücke eines weiteren Puzzles zu einem Bild fügten. Der Kanzlei-Umzug vor einem Jahr. Die Streitereien ihrer Eltern, die jedes Mal mitten im Satz abbrachen, wenn sie das Zimmer betrat. Annas dickköpfige Weigerung, sich nach der Scheidung von Dieter finanziell unterstützen zu lassen. Die Existenz von Frau Doktor Rothaarig erklärte vieles.

Mit einem Schlag begriff Nana, dass ihre Mutter die Scheidung gefordert hatte, weil sie betrogen worden war, und nicht weil sie um jeden Preis selbstständig sein wollte. Dieter Beer hatte sie gegen ein jüngeres, windschnittigeres Modell eingetauscht! O Gott, wieso hatten sie ihr keine Silbe davon gesagt?

„Möchtest du nicht antworten, Nana?" Dieter Beer versuchte das unangenehme Schweigen mit einem leisen Lachen zu brechen. „Annika beißt nicht!"

„Aber sie krallt sich verheiratete Männer!"

Verflixt, schon wieder ihre Zunge! Trotzdem, eigentlich bereute sie es nicht. Es erfüllte sie mit Genugtuung zu sehen, wie Annika – warum nicht gleich eine neue Anna! – hastig die halb gerauchte Zigarette ausdrückte und sich das Rot auf ihren Wangen mit dem Rot ihres Haares biss. Die beiden Erwachsenen tauschten schweigend einen Blick, dann verließ sie das Büro. Federnd und auf Schwindel erregenden Absätzen, die Anna und ihre Tochter plump und ungeschickt aussehen ließen.

„Das wäre nicht nötig gewesen, Nana!“, sagte ihr Vater streng, sobald die Tür sich schloss.

„Stimmt!“, nickte Nana und bezog sich deutlich auf einen ganz anderen Aspekt der Sache.

Dieter Beer war nicht umsonst Anwalt. Er ahnte, was in ihrem Kopf vorging, und er ließ sich seufzend hinter seinem Schreibtisch nieder.

„Bist du gekommen, um dich erneut über unsere Scheidung zu beschweren? Wie oft müssen wir dir noch sagen, dass die Trennung im beiderseitigen Einverständnis erfolgt ist? Du musst damit leben.“

„Ich kann mir schwer vorstellen, dass Anna damit einverstanden war, dass du sie gegen diese Hochglanz-Tussi ausgetauscht hast!“, fauchte Nana böse. „War dir deine Ex-Frau zu alt? Zu sehr Antiquität, statt Europas Antwort auf amerikanische Staranwältinnen?“

„Also wirklich ...“, staunte Dieter Beer seine Tochter sprachlos an.

Es war Nana gelungen, ihren Vater aus dem Konzept zu bringen. Er schob einen offenen Aktenordner herum und legte den schicken Kugelschreiber gerade. Er hatte im Gerichtssaal gelernt, sich nicht provozieren zu lassen, aber Nana kannte ihn gut genug, um zu merken, dass er tief drinnen vor Wut kochte.

„Hat dich deine Mutter geschickt?“, erkundigte er sich beherrscht.

„Die weiß gar nicht, dass ich hier bin“, entgegnete Nana wahrheitsgemäß.

„Und was willst du dann?“

„Tja, was will eine Tochter von ihrem Vater ...?“, antwortete Nana herausfordernd. Aber nichts passierte. Sie unterdrückte einen Seufzer. In einem hatte er Recht: Es hatte keinen Sinn, die Scheidung noch einmal zu diskutieren. Jetzt weniger als je zuvor.

„Würdest du mir mal eine Frage in Sachen Mietrecht beantworten?“, machte sie einen neuen Anfang. „Wenn jemand seit fast fünfzig Jahren im gleichen Haus lebt, kann man ihm dann einfach kündigen? Gibt es da nicht irgendwelche gesetzlichen Fristen, die eingehalten werden müssen?“

„Warum willst du das wissen?“ Dr. Beer wurde immer irritierter. „Warum ruft deine Mutter nicht selbst an, wenn es Schwierigkeiten wegen der Wohnung gibt? Hat man euch die Kündigung geschickt?“

„Es hat nichts mit uns zu tun!“ Nana setzte sich auf die Kante des Schreibtisches und schob den

Aschenbecher mit den Zigarettenkippen auf die andere Seite hinüber. „Ich muss es für jemand anderen wissen. Wie ist das, wenn ein altes Haus renoviert wird und sich die bisherigen Mieter die Kosten für die neuen Fenster und Bäder nicht leisten können? Kann man sie zwingen, alles zu bezahlen?"

„Was soll der Unsinn, Nana? Warum lenkst du ab?"

Ihr Vater lehnte sich in seinem großen Ledersessel zurück. Er hatte seine Selbstbeherrschung zurückgefunden und schenkte Nana ein Lächeln, das ihr Verständnis und Zuneigung signalisieren sollte. Sie entdeckte nur Routine und eingeübte Anwaltsgesten.

„Ich lenke nicht ab ..."

„Genau das tust du", widersprach er sanft. „Ich will deine Gefühle nicht verletzen, aber was zwischen Anna und mir gelaufen ist, ist eine Sache unter Erwachsenen. Das wirst du vielleicht später verstehen, wenn du älter bist ..."

„Meine Gefühle", Nana lachte bitter auf. „Meine Gefühle sind dir doch egal! Und was meinst du mit ‚älter'? Wenn ich auch mal von meinem Ehemann ausrangiert werde, weil er was Knackigeres findet?"

„Jetzt wirst du geschmacklos!"

„Das habe ich dann von dir geerbt!", rief Nana streitsüchtig und stand wieder auf. „Aber keine

Angst, beantworte mir meine Frage, und du bist mich sofort wieder los. Wie ist das mit dem Mietrecht?"

„Na gut!" Dr. Beer warf einen viel sagenden Blick auf seine Armbanduhr. „In aller Kürze, ich habe nämlich gleich einen Termin. Mietrecht ist nicht gerade mein Fach, Einzelheiten muss ich nachsehen. Fest steht jedoch, dass jemand, der seit Jahrzehnten in einer Wohnung lebt, Mieterschutz genießt. Die Kündigungsfrist errechnet sich nach der genauen Dauer des Mietvertrages und kann bei Jahrzehnten sogar mehr als ein Jahr betragen. Was die Sanierungen betrifft, so unterscheidet der Gesetzgeber zwischen Maßnahmen, die zur Erhaltung eines Gebäudes unbedingt erforderlich sind, und anderen, die zur Erhöhung des reinen Mietwertes dienen. Unter die erste Rubrik fallen zum Beispiel Dach oder Fenster. Ein Haus, in das es hineinregnet, verliert ganz entscheidend an Wert, das muss auch der Mieter einsehen. Was die …"

„Und was kann man tun, wenn man in so einem Haus wohnt?", kürzte Nana das wortgewaltige Anwalts-Plädoyer schroff ab.

„Naja …", leicht irritiert fuhrt sich Dieter Beer durch die Haare. „Man geht zum Mieterschutzverein, oder man nimmt sich einen Anwalt!"

„Dich zum Beispiel?", erkundigte sich Nana hoffnungsvoll.

„Du lieber Himmel!“ Er schüttelte den Kopf. „Bei Mietstreitigkeiten kann man kaum etwas verdienen. Das ist was für junge Anwälte, die Erfahrungen sammeln wollen. Ich bin froh, dass ich mich nicht damit beschäftigen muss!“

„Aber du würdest es doch tun, wenn ich dich darum bäte?“, wurde Nana konkreter.

„Unsinn!“, wischte ihr Vater die Sache herablassend vom Tisch. „Du willst mir doch nicht erzählen, dass du Mietprobleme hast? Du wohnst bei Anna, und das noch eine ganze Weile, schließlich bist du erst sechzehn! Ehe du ans Ausziehen denkst, solltest du dich lieber um deine Mittlere Reife kümmern.“

Nana knirschte mit den Zähnen. Der Herr Anwalt wusste natürlich, wie man eine Anklage zerpflückte und am Ende die Klägerin als Angeklagte vor den Richter zerrte. Sie verweigerte das Spielchen.

„Ich habe mit keinem Wort gesagt, dass ich ausziehen möchte“, korrigierte sie ihn. „Ich wollte lediglich eine Information von dir. Ich wusste nicht, dass wir auch von deinem guten Willen geschieden worden sind. Sorry, dass ich dich belästigt habe.“

„Also bitte, du redest Unsinn, und das weißt du auch. Wir haben das alles schon tausendmal diskutiert. Zwischen uns beiden ändert sich überhaupt nichts!“ Dieter Beer stand auf und legte einen Arm um Nanas widerstrebend steife Schultern. „Und jetzt entschuldige mich bitte, du weißt ja, mein Termin. Den Weg nach draußen findest du sicher auch allein. Ciao, Kleines! Und grüß deine Mutter von mir!"

„Darauf legt sie bestimmt großen Wert", murrte Nana, aber sie tat es so leise, dass ihr Vater, der bereits mit Aktenkoffer und wehendem Mantel hinauseilte, kein Wort davon mitbekam. Dafür hörte sie ihrerseits die ärgerliche Ermahnung an die Vorzimmer-Tussi.

„... ich bin jederzeit für meine Tochter zu sprechen, Frau Griesebeck. Aber ich erwarte, dass sie wie jeder andere Besucher von Ihnen angemeldet wird und nicht einfach in mein Büro platzt, haben wir uns verstanden?"

Nana schüttelte sich, als wäre sie in einen Platzregen geraten. Ihr Vater war nie der Kuschelbärtyp gewesen, der sich für das Seelenleben seiner kleinen Tochter interessiert hatte, aber die heutige Vorstellung übertraf alles, was sie bisher von ihm erlebt hatte. Keine Frage, ihn störte sie noch mehr als alle anderen.

Zögernd sah sie sich um. Die modernen Stahlmöbel, Ledersessel und Acryltische machten ihr seltsamerweise mehr als alles andere deutlich, dass ihr Vater in einer anderen Welt als Anna lebte. War das schon immer so gewesen? Sie konnte sich nicht erinnern. Oder – genauer gesagt – sie hatte nie darauf geachtet. Eltern waren eben Eltern. Sie als Paar oder gar als Liebende zu sehen war ihr nie in den Sinn gekommen.

Im Vorzimmer piepste das Telefon, und Frau Griesebeck meldete sich korrekt mit: „Kanzlei Doktor Beer, Doktor Steinfeld-Beck, guten Tag. Was kann ich für Sie tun?"

So wie es aussah, konnte Dr. Beer für seine Tochter sehr wenig tun. Nana machte kehrt, winkte der telefonierenden Griesebeck zu und lief zum Lift. Natürlich ebenfalls aus Glas und Stahl und an der Fassade des Gebäudes angebracht. Nichts wie weg hier!

Da sie jedoch keine Lust verspürte, nach Hause zu gehen und ihre Mutter zu sehen, landete sie ganz automatisch bei der Baustelle am Herzogpark. Feige Flucht, sie wusste es, aber sie musste erst sortieren und verarbeiten, was sie entdeckt hatte. Im Moment konnte sie Anna nicht in die Augen sehen.

Die Container vor Frau Gregoris Eingang waren verschwunden, dafür stand jetzt ein zwei Etagen hoher Silo mit irgendwelchen Putz- und Mörtelmischungen auf dem breiten Gehweg. Ein paar Männer klopften einen überdachten Fußweg rund um das Hindernis fest, und irgendwo ratterte ein Pressluftbohrer so laut, dass man kaum die vorbeifahrenden Autos hörte.

Nana schlüpfte ins Haus. Die Mauern dämpften

das Dröhnen, und als sie die Treppe hochlief, verringerte es sich zu einem fernen Rumpeln. Schwach genug, dass es von schnellen Schritten übertönt wurde, die ihr von oben entgegenkamen. Sie sah auf und entdeckte Ben, der eben einen schweren rechteckigen Gegenstand um den nächsten Treppenabsatz schleppte.

O nein! Nicht der auch noch! Ihr Bedarf an Auseinandersetzungen war für den heutigen Tag vollauf gedeckt! Sie würde ihn ignorieren. Glatt durch diese pferdeschwanztragende Entrümpelungs-Pfeife hindurchsehen.

Der gute Vorsatz löste sich augenblicklich in Luft auf, als sie entdeckte, was er trug. Einen Spiegel. Einen uralten, angelaufenen Spiegel mit einem geschnitzten, vergoldeten Holzrahmen aus Rosen, Blättern und anderen Verzierungen. Sollte die abblätternde Botanik handgeschnitzt sein, war allein der Rahmen ein kleines Vermögen wert.

„Ach, schon wieder auf Geschäftsreise?“, ging die Zunge prompt mit ihr durch.

Ben stellte den Spiegel vor sich ab und verschränkte die Arme auf dem oberen Rand. „Ach, schon wieder die Nase in anderer Leute Angelegenheiten?“

Nana runzelte die Stirn. Hatte sie nicht einen solchen Spiegel bei Frau Gregori im Flur gesehen?

„Weiß Frau Gregori eigentlich, was du mit ihren alten Sachen machst?", erkundigte sie sich spitz.

„Was mache ich denn damit?" Ben kannte den Trick mit den lästigen Rückfragen ebenfalls.

„Hey, du vergisst, dass ich dich bei meiner Mutter gesehen habe", erinnerte Nana ärgerlich. „Du hast jede Menge Kohle für die Kommode eingesackt, und ich wette, dass du den Spiegel auch verkaufst. Wie erklärst du der alten Frau, dass ihre Möbel nach und nach verschwinden? Oder beklaust du sie heimlich?"

„Mannomann!" Ben schnaufte angestrengt und tippte sich vor die Stirn. „Was habe ich dir eigentlich getan? Hat dir schon mal jemand die Funktion eines Gehirns erklärt? Es ist kein Hohlraum, damit die Frisur nicht abrutscht, man verwendet es zum Denken!"

„Haha, total komisch!" Nana reckte sich streitsüchtig auf die Zehenspitzen, aber Ben war immer noch einen halben Kopf zu groß. Sie musste leicht nach oben schauen, um dem grauen, blau umrissenen Blick zu begegnen, der sie wütend anglitzerte.

Ben packte seinen Spiegel wieder quer unter den Arm. „Geh mir aus dem Weg, Miss Superschlau! Ich frage mich echt, wie jemand, der so harmlos aussieht, so total engstirnig und bescheuert sein kann. Wenn du einen Rat von mir willst:

Hör endlich auf, dich in Dinge zu mischen, von denen du keine Ahnung hast!“

„Und das ausgerechnet von einem, der alte Damen austrickst und sie aus der Wohnung ekelt!“ Nana musste einfach das letzte Wort behalten.

Ben strafte sie mit Verachtung und polterte davon.

Zweifelnd sah sie ihm nach. Etwas in seiner wütenden Geringschätzung machte sie stutzig. War es möglich, dass sie sich in ihm täuschte? Harmlos sah sie also aus. Ein tolles Kompliment. Das klang nach langweilig, fade und viel zu jung, um ernst genommen zu werden.

Sie unterdrückte einen schweren Seufzer. Hatte sie nicht genügend eigene Probleme? Musste sie sich auch noch um Ben Meister kümmern?

7

„Frau Gregori! Hallo, ich bin es, Nana! Frau Gregori, bitte machen Sie doch auf!“

Nichts. Nana hatte die altmodische Klingel in jede Richtung gedreht, und das schnatternde, scheppernde Geräusch musste eigentlich auch die alte Dame erreicht haben. Sogar, wenn sie schon ein wenig schwerhörig sein sollte. Wieso öffnete sie nicht?

War sie nicht zu Hause, oder wollte sie nicht mit ihr sprechen? Was sollte sie tun? Sie konnte Elisabeth Gregori ihren Besuch schließlich nicht aufzwingen! Sollte sie gehen? Ein anderes Mal wiederkommen?

Nana drehte die Klingel erneut und legte das Ohr an die blitzsaubere Glasscheibe. Kein Laut. Oder doch? Ihr Blick fiel auf den Briefkastenschlitz, der ins Flurinnere führte. Altmodisch und ohne Kasten dahinter, deswegen auch bestens zum Spionieren geeignet.

Ohne darüber nachzudenken, ob es nun aufdringlich oder neugierig aussah, ging Nana in die Knie und hob besorgt die Klappe an. Im Dämmerlicht des Flurs konnte sie kaum die Umrisse der

Möbel erkennen, und schon erst recht keine Spur der alten Dame.

Sie richtete sich wieder auf, und der Verschluss fiel leicht scheppernd wieder gegen den Metallrahmen zurück. Komisch, wonach roch es hier plötzlich? Wie angebrannt. Wie kokelndes Lagerfeuer aus feuchtem Holz und Plastikabfällen. Verbrannten die Bauarbeiter im Hof Abfälle? Nein, das Flurfenster war verriegelt.

Aber der Geruch wurde immer stärker, und Nana wandte sich zu Frau Gregoris Eingang um. Der bestialische Gestank drang aus der Briefklappe! Sie beugte sich hinunter und schnupperte prüfend. Einwandfrei grässlich angebrannt. Aber wenn die alte Dame kochte, musste sie zu Hause sein. Weshalb reagierte sie weder auf die Türklingel noch auf das Klopfen?

Ein feiner Rauchfaden drang aus dem schmalen Spalt und reizte Nana zum Husten. Welches angebrannte Gericht verursachte dermaßen stinkende Qualmwolken? Von wegen Küchen-Katastrophe! In Frau Gregoris Wohnung brannte es!

Nana wich erschrocken zurück. Was sollte sie tun? Auf dieser Etage gab es keine Nachbarn, und wenn sie bis in den Hof hinunterlief, um die Bauarbeiter zu alarmieren, verlor sie vielleicht wertvolle Zeit. Wie üblich handelte sie ohne großes Nachdenken.

Sie zog ihre Jacke aus und wickelte sie hastig

um den rechten Ellbogen, ehe sie ihn mit aller Gewalt durch das schmale Glasfenster über dem Briefkastenschlitz rammte. Es tat scheußlich weh und machte einen Höllenlärm. Glas klirrte nach drinnen und draußen, der Rauch wurde dichter und ätzender.

Nana wandte den Kopf ab, um ihre Lungen mit halbwegs brauchbarer Treppenhausluft zu füllen, während sie sich mit einer Hand zwischen den Glasresten hindurch zum Türschloss hinuntertastete. Sie hatte es befürchtet! Der Schlüssel steckte von innen und war sogar im Schloss gedreht. Es dauerte endlose Sekunden, bis sie ihn richtig zu fassen bekam und die Tür öffnen konnte.

Der plötzliche Luftzug brachte die Rauchschwaden in Bewegung, und zwischen den grauen Schleiern entdeckte Nana die leblose Gestalt Elisabeth Gregoris. Sie lag bewusstlos auf dem Boden, mit dem Oberkörper im Flur und mit den Beinen in der Küche. Hinter ihr herrschte Chaos. Knisternde Flammen loderten an der Rückwand des Küchenherdes hoch, hatten den Plastik-Abfalleimer schmelzen lassen und leckten rötlich glühend über die Holzwand des Büfetts. Jeden Moment würden sie die gerüschten Vorhänge erreichen!

„Ach du dickes Ei!“, murmelte Nana hustend und versuchte sich daran zu erinnern, was sie im letzten Jahr als Schulsanitäterin gelernt hatte.

Eilig bückte sie sich hinter der alten Frau und fasste sie unter den Achseln, um sie wenigstens aus der schlimmsten Gefahrenzone zu ziehen. Am Armgelenk spürte sie einen stetig flatternden Puls.

Telefon? Gab es hier Telefon? Dort auf dem Dreibeintisch neben dem Wohnzimmer! Nana hob hastig den Hörer ab. Kein Laut. Leitung abgeklemmt oder Rechnung nicht bezahlt. Auf jeden Fall kein Anschluss. In der Küche zersprang scheppernd eine Glasscheibe, und der Qualm wurde dichter. Himmel, sie musste etwas tun, ehe die ganze Bruchbude in Flammen aufging!

Wo ist das Badezimmer?, fragte sie sich selbst und riss die nächste Tür auf. Fehlanzeige. Gegenüber hatte sie mehr Glück. In der halb vollen Badewanne waren Frotteetücher eingeweicht. Nana packte ein tropfendes Badetuch und stürzte in die Küche, wo sie wie eine Wilde auf die Flammen an Herd und Schrank einschlug.

Glücklicherweise war der alte Schrank aus massivem Holz. Er glimmte und glühte, aber er stand nicht in hellen Flammen. Auch auf dem Herd sank die Glut zusammen, weil die Topflappensammlung endlich verbrannt war und das Feuer keine neue Nahrung fand. Der Rauch und die ätzenden Dämpfe waren schlimmer als die Hitze. Schon mit der zweiten Runde nasser Handtücher konnte Nana den Schaden eindämmen und das

Feuer ersticken. Die schwarz verkohlten Reste eines kleinen Stieltopfes verrieten, was geschehen sein musste.

Frau Gregori hatte anscheinend vergessen, die Herdplatte auszumachen. Das altmodische Stück hatte zu glühen begonnen und den Topflappen entzündet, der gleich daneben lag. Die Flammen hatten die Reihe der anderen gehäkelten Prachtstücke erreicht und von dort das Plastikgestell, in dem das Geschirr trocknete, ehe es auf den Abfalleimer und den Küchenschrank übergriff.

So wie es aussah, hatte die alte Dame Hilfe holen wollen, ehe sie vor lauter Aufregung und Qualm über die Türschwelle stolperte und die Besinnung verlor. Sie brauchte so schnell wie möglich einen Arzt. Nana kippte zur Sicherheit noch einen Topf Wasser über Herd und Schrank, dann stürzte sie zur Tür hinaus, die Treppe hinunter. Die Bauarbeiter hatten sicher ein Handy!

Die letzten Stufen im Sprung auf einmal nehmend, raste sie durch die Eingangshalle, geradewegs gegen ein stabiles Hindernis, das sie festhielt und augenblicklich zu schimpfen begann. „Hast du jetzt völlig den Verstand verloren? Wie siehst du denn aus? Hast du eine Silvesterrakete geküsst?“

„Blödmann“, keuchte Nana nach Atem ringend. „Oben ... bei Frau Gregori ... ein Unglück! Es brennt, es hat gebrannt! Wir brauchen einen Notarzt, schnell!"

Ben starrte auf die schwarzen Striemen in Nanas Gesicht, entdeckte eine angesengte Haarsträhne und die Brandblasen auf ihren Handrücken, die sie offensichtlich im ersten Schock nicht spürte. Er griff in seine Gesäßtasche und brachte ein Mobiltelefon zum Vorschein.

„Ist sie schwer verletzt? Ansprechbar?"

„Nein. Sie ist ohnmächtig, aber sie hat keine sichtbaren Verletzungen. Vermutlich Rauchvergiftung oder Herzschwäche. Ich habe sie korrekt gelagert und das Feuer erstickt!"

Nana hatte noch immer Probleme mit der Luft. Sie hustete, aber die wichtigsten Informationen gab sie knapp und präzise weiter, während Ben seine Tasten drückte. Sie hörte ihn die Adresse durchgeben und Frau Gregoris Zustand schildern.

„Die Feuerwehr muss auch kommen, schon wegen der Versicherung", sagte er danach und tippte gleich die nächste Nummer ein. „Beruhige dich, der Notarzt ist schon unterwegs."

Nana ließ sich mit weichen Knien auf die zweite Treppenstufe sinken und schob die Hände zwischen die Oberschenkel, weil sie unkontrolliert zitterten. Es brannte grässlich, und erst jetzt entdeckte sie, dass ihre überstürzten Löschversuche Folgen gehabt hatten.

„Verflixt …!“, murmelte sie erstickt.

„Das muss behandelt werden“, nickte Ben. „Am besten lässt du kaltes Wasser drüberlaufen, bis der Notarzt kommt. Kannst du wieder nach oben gehen? Ich warte hier auf die Sanitäter, damit sie gleich den richtigen Eingang nehmen …“

„Geht klar …“, krächzte Nana und stemmte sich ächzend wieder hoch.

Sie entdeckte, dass sie dankbar dafür war, dass Ben das Kommando übernahm und ihr sagte, was sie tun sollte. Nach der ersten wilden Aktivität fühlte sie sich schwach und verwirrt. Ihre Hände taten schrecklich weh, und die Angst, für die sie vorhin keine Zeit gehabt hatte, brach mit einem Mal über sie herein.

Sie kehrte zu Elisabeth Gregori zurück und kauerte sich vorsichtig neben der alten Dame auf den Teppich. Obwohl sie die Fenster geöffnet hatte, stank es beißend nach geschmolzenem Plastik, verbranntem Horn und Farbe. Die ätzenden Dämpfe reizten ihre Kehle, und sie hätte viel für ein Glas Wasser gegeben, aber in diesem Moment begann die alte Dame sich unruhig zu bewegen. Ihre Lider flatterten, und Nana geriet in Panik. Was sollte sie tun?

Genau in diesem Moment eilte der Notarzt mit zwei Sanitätern im Schlepptau die Treppe herauf, und wenige Augenblicke danach erschien die Feuerwehr. Mit einem Schlag war der große Flur der

Altbauwohnung viel zu klein für all die Menschen. Nana wich zurück, damit sich der Doktor um Frau Gregori kümmern konnte. Aus der Küche hörte sie die ersten Kommentare der Feuerwehrmänner.

„Immer das gleiche Lied. Die alten Leutchen vergessen ständig, ihre Herdplatten auszumachen", seufzte einer und hob das verrußte, nasse Handtuchbündel an, das immer noch über der durchgeglühten Elektroplatte lag, die ein Kurzschluss am Ende lahm gelegt hatte.

„Wer hat das gelöscht?"

„Ich!", meldete sich Nana heiser. „Habe ich was falsch gemacht?"

„Ganz im Gegenteil!" Der Feuerwehrmann schenkte ihr ein anerkennendes Lächeln. „Du hast genau richtig reagiert. Die Versicherung darf sich bei dir bedanken. Wie bist du in die Wohnung gekommen?"

„Ich habe den Rauch durch den Briefkastenschlitz gerochen und die Scheibe an der Tür eingeschlagen", berichtete Nana vorsichtig. „Ich weiß, dass das Sachbeschädigung ist, aber Frau Gregori lebt allein, und als sie nicht aufgemacht hat ..."

„Alle Achtung, du hast echt die Nerven behalten!", lobte auch der zweite Feuerwehrmann ihren Einsatz. „Auch das mit den feuchten Tüchern war genau richtig. Ein Glück, dass die alte Dame keinen Dunstabzug besaß. Wenn diese brennenden Kunststofffliese ins Tropfen geraten, hilft nur noch Pulver. Übrigens, wenn das an deinen Händen Brandwunden sind, musst du sie dem Notarzt zeigen. Das brennt höllisch, und der kann dir sicher helfen."

„Es geht schon", murmelte Nana verlegen. „Was geschieht jetzt mit Frau Gregori?"

„Erst mal kommt sie ins Krankenhaus. Ich würde sagen, eine mittelschwere Rauchvergiftung, in Kombination mit einem Kreislaufzusammenbruch." Der Notarzt stand hinter Nana und erstattete kurz Bericht. „Der junge Mann da draußen sagt, du hast Brandwunden an den Händen?"

Nana sah über seine Schulter, wo Ben eben die Tür für die beiden Sanitäter aufhielt, die Frau Gregori auf eine Trage geschnallt hatten und hinaustrugen.

„Das ist nicht so schlimm", wehrte sie ab, und der Arzt stimmte ihr nach einer kurzen Inspektion zu. „Du hast Glück gehabt, das sind nur leichte Verbrennungen."

Er säuberte die rötlichen Flecken und sprühte eine Lage kühlen weißen Schaum darüber. Nana merkte, dass das Brennen nachließ, sobald die Feuchtigkeit in die Haut drang und sich auflöste. Der Doktor reichte ihr die kleine Spraydose.

„Am besten steckst du das ein. Ist ohnehin nur noch ein Rest. Wenn es wehtut, sprühst du eine neue Schicht auf und lässt sie antrocknen. Aber ich bin sicher, dass es morgen schon besser ist. Gegen deine Haare habe ich allerdings kein erfolgreiches Rezept, da wirst du wohl zur Schere greifen müssen!"

„Danke." Nana tastete nach der verbrannten Strähne, deren Haarspitzen sich wie Plastik anfühlten und unter ihren Fingern brachen. „Ich wollte schon immer eine richtige Punkfrisur!"

Sie verzog das Gesicht und bückte sich nach ihrer Jacke, die gespickt mit Glassplittern in einer Flurecke lag. Sie schüttelte das Kleidungsstück aus und sah dem Notarzt dabei zu, wie er mit geübten Griffen seinen Einsatzkoffer einräumte und schloss.

„Den Dank hast hier wohl eher du verdient", lobte er und klappte den Kunststoffkasten zu. „Ohne dich hätte es hier eine ziemliche Katastrophe gegeben. Du hast der alten Dame das Leben gerettet!"

Nana sah verlegen auf den Boden. Sie war sich nicht darüber im Klaren, ob sie dieses Lob tatsächlich verdiente. Vielleicht trug sie ja die Schuld daran, dass Elisabeth Gregori sich eingeschlossen hatte? Hatte sie ihr zu viel Angst vor Ben und den Immobilien-Männern eingejagt? War die alte Dame deswegen unkonzentriert und schusselig gewesen? So zerstreut, dass sie sogar ihr Essen auf der Herdplatte vergessen hatte?

Sie murmelte einen Gruß, als der Notarzt verschwand, und ging noch einmal zu den Feuerwehrmännern in die Küche. Sie kratzten zu zweit mit Metallgegenständen auf dem Herd herum, tüteten irgendwelche Proben in Plastikbeutel und schienen ganz in ihre Arbeit vertieft. Es sah ganz danach aus, als würde sie nicht mehr gebraucht. Zeit zum Heimgehen.

Auf dem Hof fand ein großes Palaver zwischen Bauarbeitern, weiteren Feuerwehrbeamten, Typen im Anzug und ein paar erschrockenen Mietern statt, unter denen sie auch Ben entdeckte. Alle waren so in Fahrt, dass niemand auf das Mädchen mit der verbrannten Haarsträhne achtete, das aus dem Eingang schlenderte und um den nagelneuen Bauzaun herum zur Bushaltestelle ging.

Ab und zu rieselte noch ein kleines, funkelndes Glaspartikelchen aus Nanas Jacke. Sie beachtete es nicht. Ihre Hände fühlten sich gespannt und kalt an, aber der brennende Schmerz hatte bereits nachgelassen. Sie kam sich komisch vor. Orientierungslos. Wie eine Leistungssportlerin, die nach Abschluss des Rennens nicht mehr zu laufen aufhören kann. Dummerweise hatte sie ihr genaues Ziel aus den Augen verloren.

Was für ein Tag! Pece, Dine, ihr Vater, Frau Gregori, alle, die ihr wichtig waren, hatten sich in den vergangenen Stunden in andere, unbekannte Menschen verwandelt. Oder hatte sie sich möglicherweise von ihnen allen ein falsches Bild gemacht?

Pece zum Beispiel war kein Traumtyp, der hinter der coolen Fassade eine empfindsame Seele verbarg. Er hatte sich als krasser Egoist entpuppt, den lediglich das eigene Wohlergehen interessierte.

Und Dine? Das Mädchen, von dem sie gedacht hatte, sie könne ihm sogar ihren Freund anvertrauen? Dine hatte auf die große Chance gelauert und sich Pece genauso fix gekrallt wie die flotte Annika den Herrn Anwalt. Reagierten alle weiblichen Wesen so, wenn die andere Hälfte der Menschheit ins Spiel kam? Selbstsüchtig, falsch und auf den eigenen Vorteil bedacht?

War die ehrliche, ganz normale Liebe mit Georgs Generation ausgestorben? Es sah fast so aus, wenn sie um sich schaute. Nicht einmal ihre Eltern hatten die Liebe festhalten können.

Ihre Eltern. Dieter und Anna. Seit wann wusste ihre Mutter von ihrer glatt gestylten Nachfolgerin mit den Modelbeinen? Wieso hatte sie nie ein Wort über Vaters gemeinen Betrug verloren? Weil sie dachte, dass sie es nicht verstehen würde? Weil sie geahnt hatte, dass sie wütend auf ihren Erzeuger sein würde? Noch wütender, als sie es ohnehin schon war?

Nanas Gedanken stolperten auf krummen Wegen von einem Punkt zum anderen. Sie entdeckte, dass sie nicht fähig war, irgendeine Sache vernünftig zu Ende zu denken. Es war einfach zu viel, was da durch die verschlungenen Gehirnwindungen drängelte und nach passenden Antworten suchte.

Die Sache mit Elisabeth Gregori gehörte auch dazu. Sie hatte der alten Dame versprochen, sich dafür einzusetzen, dass sie in ihrer Wohnung bleiben durfte. Aber Elisa war allem Anschein nach gar nicht mehr fähig, alleine zu leben. Wie brachte man das einer einsamen, leicht verkalkten, greisen Frau bei, ohne sie zu kränken? Sie hatte schließlich das gute Recht, sich an ihre Erinnerungen, ihre Wohnung und ihre Selbstständigkeit zu klammern.

Die Bustüren zischten vor Nanas Nase auf und riefen sie in die Wirklichkeit zurück. Mit einem tiefen Atemzug stieg sie ein und ließ sich auf den nächsten freien Platz sinken. Eine parfümduftende ältere Frau rümpfte die Nase über den Rauchgestank aus ihrer Jacke, registrierte die angesengte Strähne und rückte betont zur Seite.

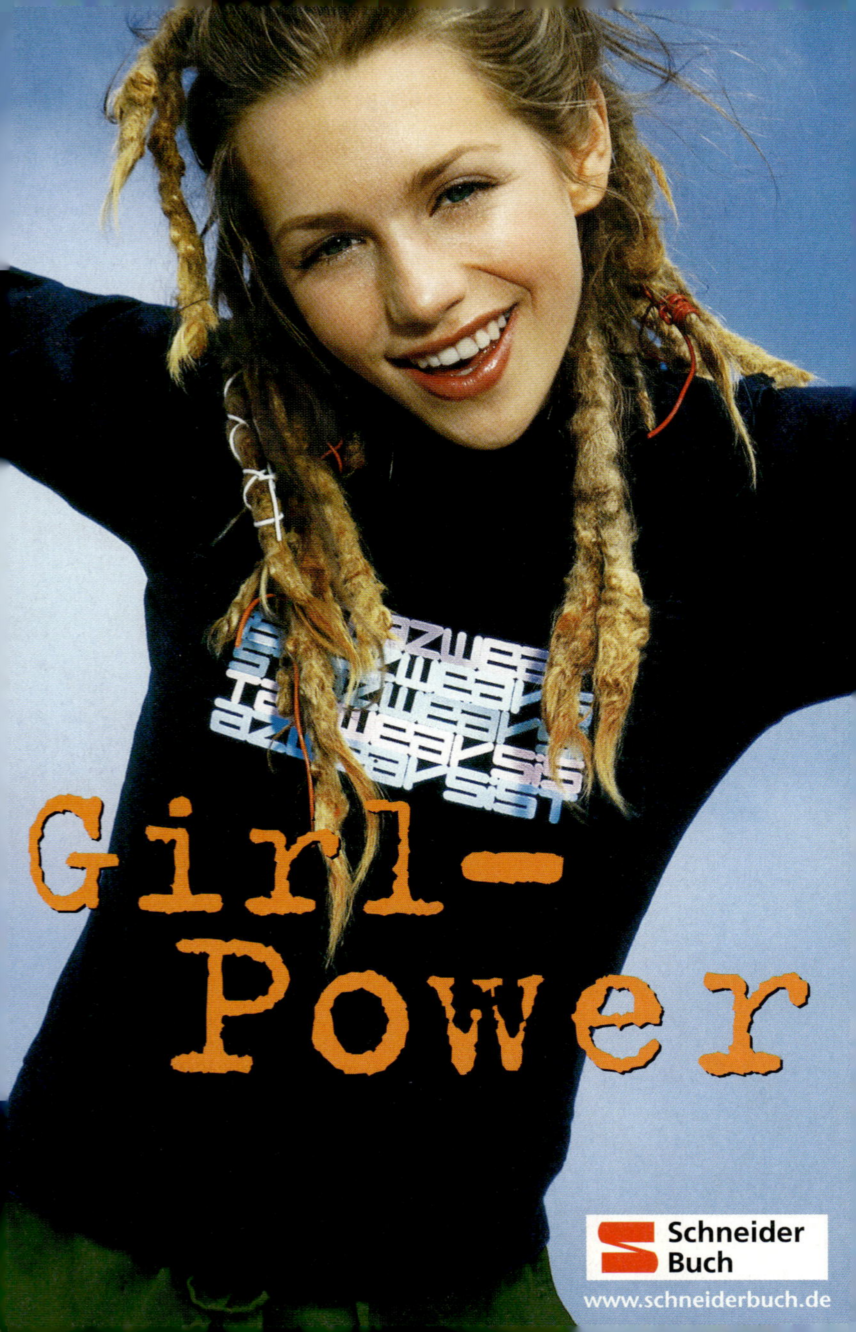
Girl-
Power
Schneider
Buch
www.schneiderbuch.de

Sarah Bosse
Daniel kriegt die Kurve
Vier wilde Skater, Band 1

Lea und Sara lieben es, mit ihren Freunden Alex und Daniel kreuz und quer durch die Stadt zu skaten. Eines Tages kommt Daniel mit einer riesigen Beule von der Halfpipe zurück. Warum hat Matjes ihn gerammt? Und was ist tatsächlich auf der Halfpipe passiert? Lea geht der Sache auf den Grund ...

128 Seiten, DM 12,95/öS 95,-

Sarah Bosse
Applaus für Daniel und Sara
Vier wilde Skater, Band 4

Im Jugendzentrum findet ein Skater-Wettbewerb statt. Daniel, der Tempo-Tiger, will beim Speed-Skaten mitmachen. Und Sara lässt sich überreden, in der Halfpipe anzutreten. Doch beim Training verletzt sich Daniel. Damit scheinen alle Pläne geplatzt zu sein. Der Tag des Wettkampfs ist gekommen, aber was ist mit Daniel?

128 Seiten, DM 12,95/öS 95,-

Sarah Bosse
Ein Schulfest für Skater
Vier wilde Skater, Band 5

Große Aufregung bei den vier wilden Skatern: Am Tag der offenen Tür sollen sie in ihrer Schule mit einer eigenen Skater-Show auftreten! Aber Sara will nicht mitmachen! Gerade noch rechtzeitig können die Freunde sie umstimmen. Es folgt eine heiße Probenzeit, aber schließlich stellen die vier eine tolle Show auf die Beine, die das Publikum an der Halfpipe begeistert!

128 Seiten, DM 12,95/öS 95,-

Enid Blyton

Gute Zeiten mit Hanni und Nanni

Hanni und Nanni, Band 20

Im Internat Lindenhof herrscht große Aufregung: Für das Abschlussfest soll ein Theaterstück einstudiert werden. Doch kurz vor dem wichtigen Tag passiert etwas ganz Furchtbares. Jemand hat die Kostüme zerschnitten!

160 Seiten, DM 12,95/öS 95,-

id Blyton

anni und Nanni kommen groß raus

anni und Nanni, Band 21

anni und Nanni sind Schulsprecher auf Internat Lindenhof eworden. Gemeinsam mit anderen aus ihrer Klasse ımmern sie sich um jüngere Schülerinnen, die ihnen ihre orgen anvertrauen. Als Einzelheiten dieser Gespräche an e Öffentlichkeit gelangen, sind Hanni und Nanni entsetzt. er hat hier geplaudert?

0 Seiten, DM 12,95/öS 95,-

Enid Blyton

Gefährliches Spiel für Hanni und Nanni

Hanni und Nanni, Band 22

Im Internat Lindenhof treibt ein Dieb sein Unwesen! Doch nicht genug damit, dass eine Mitschülerin bestohlen wird – bei einem Ausflug zur Burgruine Schönfels ist das Mädchen plötzlich spurlos verschwunden. Hanni und Nanni stellen Nachforschungen an, und nach und nach kommen sie dem Täter auf die Spur.

160 Seiten, DM 12,95/öS 95,-

id Blyton

anni und Nanni – Ihre besten Streiche

onderausgabe

ngeweile gibt es nicht im Internat Lindenhof, denn die villinge Hanni und Nanni haben nur lustige Streiche Sinn. Die Hausmutter wird nachts in einen Schrank esperrt, im Geschichtsunterricht gehen Knallfrösche los, d Mamsell lernt das Gruseln, denn in der Französischunde geistert ein Mönch ohne Gesicht herum ...

0 Seiten, DM 12,95/öS 95,-

Till-Carsten Mann
Der Schoko-Skandal
Heiße Spur für Antenne 88,8, Band 1

Lena, Michi und Matze arbeiten in ihrer Freizeit für Antenne 88,8 und sind ständig auf der Suche nach heißen Radiothemen – wie die Sache mit den Schoko-Nikoläusen, die schon im Sommer produziert werden. Die drei Reporterinnen bekommen einen Termin beim Schokofabrikanten. Doch die Fabrik dient nur als Tarnung. Was steckt dahinter?

128 Seiten, DM 12,95/öS 95,-

Till-Carsten Mann
Tatort Zoo
Heiße Spur für Antenne 88,8, Band 3

Pressekonferenz im Zoo – für die drei Reporterinnen klingt das eher langweilig. Verschiedene exotische Tiere sind angeschafft worden, und darüber sollen die Freundinnen berichten. Kurz darauf stirbt der kleine Orang-Utan Sammy. Auf eigene Faust stellen die Mädchen Nachforschungen an und entdecken, dass es sich um illegale Tiertransporte handelt!

128 Seiten, DM 12,95/öS 95,-

Till-Carsten Mann
Bandenkrieg mit Folgen
Heiße Spur für Antenne 88,8, Band 4

Lena, Michi und Matze haben alle Hände voll zu tu Für ihre wöchentliche Reportage beim Radiosender Antenne 88,8 wollen sie die Hintergründe eines Brandanschlags auf das Jugendzentrum aufdecken. Doch plötzlich stecken die Freundinnen mitten im Bandenkrieg zweier rivalisierender Gangs, und sie wissen nicht mehr, wem sie noch trauen können. Durch geschicktes Kombinieren und den Einsatz moderner Technik gelingt es ihnen dann aber doch den Feuerteufel zu überführen.

128 Seiten, DM 12,95/öS 95,-

Gull Åkerblom
Zwei Freunde, ein Skateboard

Ein rasante Liebesgeschichte aus zwei Perspektiven erzählt.
Crazy Sam hat versprochen Moa das Skaten beizubringen. Aber sie weiß nicht, dass er mit Henric gewettet hat: Moa soll in einem Monat gute Tricks auf der Rampe schaffen.
Moa und Crazy Sam sind beim Skaten gute Freunde geworden. Aber nicht nur das, denn Sam ist in Moa verknallt. Ob sie so einen Chaoten wie Crazy Sam überhaupt haben will?

144 Seiten, DM 14,95/öS 109,-

aby Schuster
MS für Jo
ve Message, Band 1

'as tun, wenn man auf dem neuen Handy eine SMS hält, in der steht: Treffen wir uns? Ich liebe dich! hris.
ist total verwirrt, denn durch einen unglücklichen ufall kann sie den Absender dieser Nachricht nicht ehr ermitteln. Auf ein Treffen würde sie sich schon nlassen, die Frage ist nur: wo und vor allem, mit em? Zusammen mit ihrer Freundin Caro setzt Jo e Hebel in Bewegung und kommt so schließlich em geheimnisvollen Absender auf die Spur.

50 Seiten, DM 14,95/öS 109,-

Gaby Schuster
Liebe zwischen den Zeilen
Love Message, Band 2

In einer alten Kommode findet Nana ein vergilbtes Päckchen mit Liebesbriefen. Dem Inhalt nach zu schließen, sind sie etwa 60 Jahre alt. Als sie sich auf die Suche macht, um etwas über das Schicksal des Paares aus den Briefen zu erfahren, lernt sie Elisa kennen. Die alte Dame wehrt sich verzweifelt gegen einen Immobilienspekulanten, der sie aus ihrer Wohnung vertreiben will. Allein kann Nana ihr nicht helfen, aber plötzlich erhält sie Unterstützung von Ben – ihrem Traumboy ...

160 Seiten, DM 14,95/öS 109,-

Sibylle Luise Binder
Irischer Inselzauber
Happy Holidays

Mit separatem Langenscheidt-Sprachführer und Reise-Tipps von Polyglott.

Ferien in Irland! Klippen mit tosende Brandung, wildromantische Landschaft und jede Menge Pferde. Schon am ersten Tag erliegt Leonore dem Zau ber der Grünen Insel. Verzaubert hat sie aber auch der gut aussehende Patrick. Nichts wünscht sie sich sehnlicher, als dass er ihre Liebe erwidert.

160 Seiten, DM 14,95/öS 109,-

Herbert Friedmann
Portugal – Liebe inklusive
Happy Holidays

Mit separatem Langenscheidt-Sprachführer und Reise-Tipps von Polyglott.

Julia und Jenny starten gemeinsam in die Sommerferien, drei Wochen Clubferien in Portugal. Während Jenny alles cool findet und jede Menge Leute kennen lernt, fühlt sich Julia abgehängt – bis sie den süßen Portugiesen Julio trifft.

160 Seiten, DM 14,95/öS 109,-

Edith Kaltenthaler
Florida-Feeling
Happy Holidays

Mit separatem Langenscheidt-Sprachführer und Reise-Tipps von Polyglott.

Bettina darf in den Ferien ihre Verwandten in Florida besuchen. Am Strand lernt sie Carlos kennen und verliebt sich Hals über Kopf in ihn. Abe Carlos scheint ein Geheimnis zu haben .

160 Seiten, DM 14,95/öS 109,-

Brigitte Blobel
Lea will es wissen
Starke Mädchen

Lea ist frustriert: Ihr Freund hat nie Zeit für sie und flirtet mit einer anderen – und ihre Eltern wollen nicht einsehen, dass sie schon lange kein Kind mehr ist. Da hilft nur eins: Lea muss ihr Leben selbst in die Hand nehmen.

192 Seiten, DM 16,95/öS 124,-

igitte Blobel
r immer – deine Eva
arke Mädchen

a vermisst ihre kleine Pflegeschwester Clara sehr. nso schockierter ist sie, als sie erfährt, dass Clara cht, wie Evas Mutter immer behauptet, seit zwei hren wieder bei ihrer richtigen Mutter lebt, ndern in einem Heim. Mama hat Clara einfach geschoben – oder doch nicht einfach? Für Eva eht fest, dass sie etwas tun muss, um die geliebte eine Schwester aus dem Heim zu holen.

2 Seiten, DM 16,95/öS 124,-

Brigitte Blobel
Romy auf der Suche
Starke Mädchen

Romy lebt allein mit ihrer Mutter, an ihren Vater kann sie sich nicht mehr erinnern. Durch Zufall erfährt sie, dass er Kunstfotograf ist und in Italien lebt. Ihre Neugier ist geweckt, und sie begibt sich auf die Suche nach ihm …

192 Seiten, DM 16,95/öS 124,-

Gaby Schuster
Für immer
Kuschelrock

Nina glaubt, der viel umschwärmte Rockstar Mario Marr wäre ihr Vater, und fährt deshalb zu ihm. Der Erfolgsstar erkennt sofort ihr Talent zum Singen un verspricht ihr eine große Karriere. Dabei zeigt er aber Gefühle, die alles andere als väterlich sind. Ni möchte nichts wie weg. Aber da ist noch Roman, der Stiefsohn von Mario Marr, der ihr Herz höher schlagen lässt ...

160 Seiten, DM 16,80/öS 123,-

Helen Hoffmann
Ein Romeo für Julia
Kuschelrock

Julia hat ihr Ziel erreicht: Mit sechzehn ist sie ein gefeierter Popstar. Aber dass Erfolg allein auch nicht glücklich macht, erkennt sie erst, als ihr Fabian über den Weg läuft. Schon träumt Julia vom großen Glück mit ihrem Romeo. In seinen Armen glaubt sie sich sicher vor der lästigen Reportermeute. Doch Fabian scheint ihre Gefühle zunächst nicht so recht zu erwidern. Erst mit Hilfe guter Freunde finden die beiden zueinander.

160 Seiten, DM 16,80/öS 123,-

Herbert Friedmann
Ein Lovesong zum Geburtstag
Kuschelrock

Liebe auf den ersten Blick gibt es nicht. Das meint auf jeden Fall Jenny, die versucht, Miriam ihren neuesten Schwarm Fabian auszureden. Es funkt auc bei Fabian, aber ihre Liebe hält dem zweiten Blick nicht stand. Miriam hat die Nase voll von Boys, bis sich Fabian an ihrem Geburtstag mit einem Lovesong bei ihr meldet.

192 Seiten, DM 16,80/öS 123,-

Schneider Buch
www.schneiderbuch.

8

„Nana! Was ist passiert? Wie siehst du aus?“

Auch das noch. Warum musste Anna ausgerechnet dann zu Hause sein, wenn Nana ihr am liebsten aus dem Weg gegangen wäre?

„Halb so wild“, nuschelte Nana und drängelte sich an ihrer besorgten Mutter vorbei in die Wohnung. „Das sind nur ein paar angesengte Haare!“

„ANGESENGTE HAARE?“, wiederholte Anna, als handle es sich um Worte aus einer total unbekannten Sprache. „Wie um Himmels willen kommst du zu angesengten Haaren? Rauchst du heimlich?“

Nana verdrehte die Augen. Warum mussten Mütter eigentlich immer gleich das Schlimmste annehmen?

„Nein, ich rauche nicht“, spulte sie die Anna-beruhige-dich-Nummer ab. „Ich hatte bloß ein wenig Pech. Bitte, ich erzähle dir später alles, aber nicht jetzt. Ich ... ich muss aufs Klo!“

Letzte Rettung, der Schlüssel an der Badezimmertür!

„Nana!“

Durch das Holz klang der mütterliche Ausruf

missbilligend, aber gedämpft. Nana stützte sich mit beiden Händen auf das Waschbecken und starrte in den Spiegel. Kein Wunder, dass Anna ins Kreischen geraten war. Sie sah aus wie die angekokelten Reste eines Feuerwerks. Vom Rauch gerötete Augen und ein paar dunkle Flecken unbekannter Herkunft im Gesicht. Der Restwuschel der kinnlangen Haarsträhne an der linken Schläfe sah aus wie eine alte Handbürste und stank immer noch nach Horn.

„Gut siehst du aus, Nana Beer!", gratulierte sie sich selbst zu ihrem umwerfenden Styling.

Sie drehte den Wasserhahn auf und schaufelte sich händeweise lauwarmes Wasser ins Gesicht. Als sie halbwegs sauber war, brannten ihre Handrücken wieder. Vorsichtig fischte sie in der Jackentasche nach dem Brandwundenspray des Notarztes und sprühte weiße Sahne über die rötlichen Flecken.

Das Telefon schrillte, und Nana dankte ihrem Schicksal für die willkommene Ablenkung. Die Schritte ihrer Mutter entfernten sich in Richtung Wohnzimmer. Nana hörte, wie sie sich meldete, dann ein erstauntes „Du?" und danach lange Zeit nichts mehr.

Wer immer am anderen Ende der Leitung hing, er hatte eine Menge zu erzählen. Gnadenfrist für Nana. Sie sank auf den Badewannenrand und versuchte aus den ungereimten Bruchstücken in ihrem Kopf eine muttertaugliche Geschichte zu basteln. Sie musste das Schlimmste weglassen, den Rest verharmlosen und dann dafür sorgen, dass Anna keinen Anfall bekam.

Tatsächlich? Musste sie das? Nana stutzte. Diese Art von Familienplädoyer hatte sie von ihrem Vater gelernt, aber sollte sie sich ausgerechnet ihn als Beispiel nehmen? Jenen Mann, der seine Frau mit der stromlinienförmigen jüngeren Anwältin betrogen hatte? Zumindest so lange, bis Anna das schmutzige Spiel endlich durchschaut und auf der Scheidung bestanden hatte.

Bis dahin hatten alle ihr Möglichstes getan, um die Katastrophe hinauszuzögern. Die heile Familienwelt zu schützen. Nana kannte die Hauptdarsteller des Dramas in- und auswendig, sie konnte sich die Einzelheiten problemlos vorstellen.

Ihr Vater ging im Normalfall jeder Schwierigkeit aus dem Weg. Nach dem Motto: „Ich habe beruflich so viele Probleme und Ärger am Hals, zu Hause möchte ich meinen Frieden haben!"

Anna war gutmütig. So liebenswürdig friedlich, dass nur ein echtes Kapitalverbrechen sie aus der Fassung brachte. Wenn sie jedoch einmal explodierte, dann war der Ofen aus. Dann gab es kein Zurück. Das bewies auch die Scheidung.

„Nana, würdest du jetzt bitte herauskommen, ich muss dringend mit dir reden. Dein Vater hat eben angerufen!"

Nana stöhnte unterdrückt. Auch das noch! Hatte sie wirklich erwartet, dass dieser Katastrophentag problemlos zu Ende gehen würde? Kleiner Irrtum, Schätzchen!

Sie stemmte sich hoch und öffnete die Tür. Sie war müde, wütend, traurig, verstört und immer noch ohne jeden Plan, wie sie ihrer Mutter die Ereignisse erklären sollte. Eines stand jedoch fest, sie würde nicht um des lieben Friedens willen lügen, damit musste endlich Schluss sein!

Sie zog sich stumm die Jacke aus und warf sie mit Schwung über den Garderobenhaken. Das Flurlicht fing sich in einem Glitzerpartikel, der kurz aufleuchtete und dann zu Boden fiel. Glassplitter Nummer zweitausendundeins von Frau Gregoris Flurscheibe. Kaum zu glauben, dass sich eine so kleine Fläche in so viele Bruchstücke auflösen konnte.

Anna bückte sich danach und betrachtete stirnrunzelnd das grün getönte Splitterchen. Nana erahnte ihre Frage.

„Das ist Glas aus einer Türscheibe“, murmelte sie und ging in die Küche voraus.

Sie nahm einen Keramikbecher aus dem Schrank und bediente sich aus der Eisteekaraffe im Kühlschrank. Sie trank in langen, durstigen Schlucken und räusperte sich, ehe sie den Becher erneut voll goss und sich am Esstisch dem Verhör stellte.

„Was hat Dad gewollt?“, erkundigte sie sich, um Zeit zu gewinnen.

Anna setzte sich gegenüber. Sie zog die unvermeidliche Zigarettenpackung und den Aschenbecher wie einen Rettungsanker näher.

„Dein Besuch scheint Dieter den merkwürdigen Eindruck vermittelt zu haben, dass ich Schwierigkeiten mit der Wohnung oder der Werkstatt habe“, berichtete sie nach dem ersten Lungenzug. „Er fand, dass du dich recht seltsam benommen hast und dass deine Manieren zu wünschen übrig lassen!“

„Ausgerechnet er muss von Benehmen reden“, brummte Nana empört. „Ist es vielleicht die feine englische Art, uns abzuhalftern, damit er mit seiner Anwaltstussi einen ungestörten zweiten Frühling erleben kann?“

Ihre Mutter gab einen seltsamen Laut von sich und presste die Lippen schmal aufeinander. Sie drückte die gerade erst angerauchte Zigarette nervös wieder aus. Nana beugte sich vor und legte ihre eigene Hand beruhigend über die ihrer Mutter.

„Du weißt ja, dass ich zu ihm wollte. Seine Vorzimmerschnepfe wollte mich abwimmeln, weil sie keine Ahnung hatte, wer ich bin. Familienbilder passen anscheinend nicht mehr in sein feines Büro. Auf jeden Fall bin ich an ihr vorbeigeflitzt und einfach in sein Zimmer geplatzt. Im falschen

Moment, denn er war gerade damit beschäftigt, seiner Annika private Aufmerksamkeit zu schenken. Warum hast du mir nie die Wahrheit gesagt über den Grund eurer Trennung? Findest du das fair?"

Anna Beer strich sich mit einer fahrigen Geste den Pony aus der Stirn und griff erneut zu ihren Zigaretten. Sie mied Nanas Blick.

„Ich wollte nicht, dass du es erfährst", sagte sie dann sehr leise. „Weder auf diese noch auf eine andere Weise. Sicher ist nicht alles so gelaufen, wie wir uns das vorgestellt haben, aber ..."

„Wie lange wusstest du, dass er dich betrügt?" Nana wollte die brutale Wahrheit und keine Allgemeinplätze.

„Geahnt habe ich es schon lange, aber ich wollte es nicht wahrhaben. Ich dachte, es ist nur ein vorübergehender Kick. So eine Art Virus, den er ausleben muss, ehe er wieder vernünftig wird."

„Und mir habt ihr die liebenden Eltern vorgespielt", murmelte Nana angewidert.

Anna stieß den Rauch aus, als könne sie damit auch die Erinnerung loswerden. Ihre Stimme klang belegt und heiser, als sie weitersprach. „Du bist sechzehn, fast schon eine Frau. Kannst du dir vorstellen, dass es schrecklich demütigend ist, von jemand betrogen zu werden, den man liebt? Von einer jüngeren, schickeren, klügeren Frau verdrängt zu werden? Ich wollte nicht, dass ich auch in deinen Augen zum Auslaufmodell werde. Wir hatten ohnehin schon genügend Schwierigkeiten miteinander. Ich hatte Angst, dass du mich dann gar nicht mehr ernst nimmst!“

„Mensch, Mam!“

Nana reagierte ganz spontan. Sie fuhr so schnell hoch, dass der Stuhl über die Küchenfliesen kratzte, lief auf die andere Tischseite und schloss ihre Mutter so stürmisch in die Arme, dass sie fast gemeinsam umfielen.

„Du bist echt bescheuert, weißt du das?“ Halb beschwörend, halb schluchzend überstürzten sich die Worte aus ihrem Mund. „Wie kannst du so etwas von mir denken? Glaubst du, ich bin das gleiche herzlose Monster wie mein Vater? Du bist meine Mutter, und ich habe dich schrecklich lieb, auch wenn wir uns manchmal in die Haare kriegen. Das ist doch Alltag, das hat nichts mit meinen Gefühlen für dich zu tun. Und was diese aufgedonnerte Anwalts-Zicke angeht, die kann dir nicht das Wasser reichen! Wenn man die unter die Dusche stellt und die Kosmetik abspült, bleibt nur eine Bohnenstange übrig, die man höchstens zwischen den Blättern ihres Terminkalenders ablegen kann!“

Es endete damit, dass beide nach Papiertaschentüchern suchten, sich die Augen auswischten und ganz und gar undamenhaft zwischen die Zellstofflagen prusteten, ehe sie sich mit einem traurigen Lächeln ansahen. Jetzt waren auch Annas Augen gerötet.

„Trotzdem kann ich mir irgendwie nicht vorstellen, dass Dieters Neue ein Feuerzeug an deine Haare gehalten haben soll“, wechselte Nanas Mutter das Thema, ehe sie beide vor Rührung davonflossen. „Willst du mir nicht endlich erzählen, was passiert ist? Was ist das für weißes Zeug auf deinen Händen?“

Nana verzog den Mund und stürzte sich in eine leicht entschärfte Kurzfassung der Ereignisse. Sie war jedoch immer noch so heftig, dass ihre Mutter einen entsetzten Schrei ausstieß.

„Du hast den Brand allein gelöscht?“

„Nicht ich, die nassen Handtücher“, stellte Nana richtig. „Kannst du dich an deinen Vortrag in Sachen Fritteuse erinnern, als ich letztes Jahr das Öl beim Pommes frites-Backen zu heiß werden ließ? Du hast mir gesagt, dass brennendes Fett erstickt werden muss und dass man am besten ein dickes Tuch oder so etwas drüberwirft. Ich wusste im ersten Moment zwar nicht, was den Brand bei Frau Gregori verursacht hat, aber ich dachte, nasse Handtücher könnten nie falsch sein. Der Typ von der Feuerwehr fand, dass ich wie ein Profi reagiert habe.“

„Meine Güte“, Anna Beer schüttelte den Kopf. „Das hätte ganz schön übel ausgehen können. Ich darf gar nicht daran denken …“

„Was hätte ich machen sollen?“, verteidigte Nana ihre Aktion. „Verschwinden und die alte Dame ihrem Schicksal überlassen?“

„Nein, natürlich nicht. Du hast schon Recht“, gab ihre Mutter widerstrebend zu. „Aber was wolltest du überhaupt von der Frau? Wer ist das, und wie kommst du dazu, sie zu besuchen?“

„Eigentlich bist du daran schuld“, sagte Nana. „Oder das spindelbeinige Schränkchen, das dir dieser grässliche Ben angedreht hat. Das ist vielleicht eine Type. Weißt du, wo der das Zeug her hat, das er dir für teures Geld verhökert?“

„Von Flohmärkten, Wohnungsauflösungen, der übliche Weg eben. Ich habe ihn selbst mit den nötigen Adressen versorgt.“

„Von wegen!“ Nana beugte sich vor und sah ihre Mutter bedeutungsvoll an. „Der Knabe ist Entmieter oder wie man das nennt!“

„Ent... was bitte?“ Anna Beer kam aus dem Staunen nicht mehr heraus.

„Naja, ein Handlanger für Mithaie! Kerle wie er ziehen in Häuser ein, die saniert werden sollen. Sie sorgen für so viel Ärger und Umtriebe, dass die alten Mieter, die bisher noch nicht ausziehen wollten, die Flucht ergreifen!“ Nana begriff nicht, dass ihre Mutter davon noch nie etwas gelesen oder gehört hatte.

„Du redest von Ben?“, fragte Anna jetzt noch einmal völlig entgeistert.

„Genau von dem!“, bestätigte Nana ausdrücklich. „Die Kommode gehört Frau Gregori. Weißt du noch, ich hätte das morsche Ding fast umgeworfen, und dabei hat sich ein Geheimfach in einer Schublade gelöst. Hinter der Klappe fand ich einen Stapel Briefe, und die ... naja, die haben mich zu Frau Gregori geführt. Vermutlich gerade noch rechtzeitig. Du darfst nicht zulassen, dass dieser Ben ihr heimlich die Bude ausräumt. Du solltest ihn bei der Polizei anzeigen!“

Sie vermisste die erwartete Entrüstung bei ihrer Mutter, aber ehe Nana weitersprechen konnte, stellte Anna eine ganz andere Frage. „Was für Briefe waren das? Hast du sie Frau Gregori zurückgebracht?“

„Briefe eben ... Liebesbriefe“, fügte Nana gezwungenermaßen hinzu, weil ihre Mutter fragend die Brauen hob. „So richtig wie im Kino mit vergilbtem Bändchen drum herum und tausend Schwüren.“

„Du hast sie also gelesen ...“ Ihre Mutter wusste, wie man Nana zum Reden brachte.

„Zugegeben, ich weiß, dass sich das nicht gehört!“, nahm Nana mögliche Vorwürfe gleich vorweg. „Aber erstens wusste ich zu diesem Zeitpunkt noch gar nicht, dass die Empfängerin dieser Briefe Frau Gregori ist, und zweitens war ich einfach neugierig. Und außerdem ... die Briefe sind wunderschön. Jeder wie ein Gedicht.

Man muss sie einfach wieder und wieder lesen.“

„Was verstehst du unter wunderschön?“

Anna stand auf, öffnete das Küchenfenster und kippte den Aschenbecher in den Müll. Sie hatte ihr Gleichgewicht wieder gefunden.

Nana atmete erleichtert auf und versuchte sich gutwillig mit einer Erklärung. „Es sind Briefe voller Anteilnahme, voller Interesse, und irgendwie klingen sie wahnsinnig zärtlich. Im ersten Moment dachte ich: wie altmodisch. Kein Mensch würde heute so bombastische Schwüre in den Mund nehmen oder gar schreiben. Es wäre einfach fürchterlich peinlich, aber dann ...“

„Aber dann?“, wiederholte ihre Mutter und ließ sich wieder am Tisch nieder.

Nana zögerte. „Ich habe mich gefragt, wie es wohl sein mag, wenn man jemand total lieb hat und ihm so sehr vertraut, dass man ihm seine geheimsten Gedanken und Wünsche anvertraut. Wenn man keine Angst haben muss, sich zu blamieren oder falsch verstanden zu werden.“

„Das ist zwar selten, aber solche Partnerschaften gibt es“, sagte Anna langsam. „Wie ist das denn mit dir und deinem Pece? Für den empfindest du doch auch eine ganze Menge.“

„Ach, der ...“ Nana wich dem Mutterblick aus. „Pece würde im Höchstfall ’ne Mail schicken und *bab* druntersetzen!“

„Entschuldige, was ist *bab*?“

„Internet-Slang, Bussi aufs Bauchi."

„Nana! Um Himmels willen, hast du etwa schon mit ihm geschla... ich meine ..." Sie brach in tödlicher Verlegenheit ab, als ihr klar wurde, dass sie Nanas lässige Bemerkung völlig falsch interpretiert hatte.

„Also wirklich, Mam!" Nana schnaubte entrüstet. „Was denkst du eigentlich von mir?"

„Ich weiß nicht, was ich von dir denken soll", entgegnete Anna Beer. „Du hast mir nicht viel erzählt in der letzten Zeit. Wenn du dich erinnerst, bestanden unsere Unterhaltungen aus Vorwürfen, gegenseitigen Anweisungen und geknallten Türen. Aufschlussreich ist was anderes ..."

Nana spürte, dass sie rot wurde. Nach dem heutigen Tag kam ihr das eigene Verhalten reichlich kindisch vor. Wenn sie dann auch noch bedachte, dass sie Anna die Schuld an der Scheidung gegeben hatte, obwohl sie das betrogene Opfer in dem hässlichen Spiel gewesen war, dann hatte sie erst recht ein schlechtes Gewissen.

„Wegen Pece brauchst du dir keine Sorgen zu machen", murmelte sie leise. „Pece ist längst weg vom Fenster. Er ist nicht so, wie ich gedacht habe. Es ist aus zwischen uns."

„Das tut mir Leid."

„Muss es nicht", sagte Nana leise. „Es war mein Fehler, und ich bin eher erleichtert als traurig. Er hat sich mit Dine getröstet."

„Mit deiner Freundin?“

„Da staunst du, was? Das mit der Menschenkenntnis muss ich wahrscheinlich noch üben. Bei Frau Gregori lag ich auch ziemlich daneben. Hätte ich sie nicht ausdrücklich bequatscht, dass sie niemand in ihre Wohnung lassen soll, wer weiß ...“

„Du musst dir wirklich keine Vorwürfe machen. Du kannst nichts dafür, wenn sie ihre Elektroplatte vergisst!“, unterbrach sie ihre Mutter energisch. „Dich trifft keine Schuld an dem Brand. Aber eines sollte ich dir bei der Gelegenheit vielleicht noch sagen. Es geht um Ben ...“

„Du willst ihn nicht anzeigen, weil du ihn so nett findest, stimmt's?“

Nanas schlimmste Befürchtungen schienen sich zu bewahrheiten. Nach dem, was sie heute erfahren hatte, erschien es nur zu verständlich, wenn Anna ihr angeknackstes Ego mit einem jungen Freund ein wenig aufpolierte.

„Natürlich ist er nett“, entgegnete ihre Mutter ohne die erwartete Verlegenheit. „Deswegen versuche ich dir ja klarzumachen, dass du ihm Unrecht tust!“

„Unrecht?“ Nana verzog den Mund. „Und wie erklärst du seine verdächtigen Möbelverkäufe?“

„Er kauft die Sachen in meinem Auftrag, Nana! Wenn du nicht einen so großen Bogen um meine Werkstatt schlagen würdest, wärst du ihm schon früher über den Weg gelaufen. Ben arbeitet seit einigen Monaten für mich. Er finanziert sich sein Studium damit. Das Geld für den Sekretär hat er bis zum letzten Pfennig an Frau Gregori weitergegeben, ich kann dir die Quittung zeigen, die sie unterschrieben hat. Für Ben lege ich meine Hand ins Feuer."

„Dann wirst du bald das Spray brauchen, das mir der Notarzt für meine Brandwunden überlassen hat", stellte Nana trocken fest. „Glücklicherweise ist noch Schaum drin!"

„Also wirklich, Nana! Warum glaubst du mir nicht? Benedikt Meister ist ein netter Junge. Kein Entmieter und schon gar kein Dieb! Ich kenne ihn seit mindestens fünf oder sechs Jahren!"

„Ehrlich?" Nana blinzelte verblüfft. Wie viele Überraschungen hielt dieser eine Tag noch für sie bereit?

„Seine Mutter war Dieters Klientin, und damals haben wir uns angefreundet", erzählte Anna. „Ihr Mann hatte ein kleines Fuhrunternehmen und ist tödlich verunglückt. Marlene steckte in einem Wust aus Steuerschulden und unbezahlten Rechnungen. Sie konnte weder das Haus noch die Firma behalten. Sie war Bankangestellte, aber seit fünfzehn Jahren aus dem Job. Damals waren ihre Töchter fünf und sieben Jahre alt, Ben um die zwölf. Sie musste eine Stelle als Supermarkt-Kassiererin annehmen, um ihre Kinder über die Runden zu bringen. Seit Ben trotz seinem Studium mit diversen Jobs für sich selbst sorgt, ist es natürlich leichter für sie geworden. Aber ich fürchte, sie stottert noch immer alte Schulden aus grauer Vorzeit ab. Die Frau ist leider zu anständig für diese Welt!"

„Ach du Schande!", meinte Nana und schloss entsetzt die Augen. Kein Wunder, dass Ben Meister sie für eine ausgewachsene Zicke hielt. Was hatte sie ihm nicht alles an den Kopf geworfen?

„Wie kommst du eigentlich darauf, dass er irgendwelche Mieter am Herzogpark rausekeln soll?", erkundigte sich ihre Mutter zu allem Überfluss auch noch. „Er wohnt doch selbst dort, soweit ich weiß!"

Nana rief sich die Szene in Frau Gregoris Wohnung vor Augen. Streng genommen hatte es nicht den kleinsten Hinweis darauf gegeben, dass Ben und die Immobilien-Schleimis unter einer Decke steckten. Sie hatte sich in die Schlacht geworfen, ohne sich um die Gegner zu kümmern!

Sie hatte im Treppenhaus lautstark debattierende Stimmen gehört. Männerstimmen. Keinen Ton von der alten Dame. Weil sie das Reden die meiste Zeit Ben überlassen hatte? Je länger sie darüber nachdachte, umso wahrscheinlicher wurde diese Erklärung.

„Ich bin vielleicht bescheuert", seufzte sie in düsterer Selbsterkenntnis und stützte das Kinn auf die Handballen. „Ich bin ja so doof! Ich weiß gar nicht, warum man mich noch frei herumlaufen lässt. Warum verklebt mir eigentlich keiner den Mund mit Paketband?“

„Na, na …“ Anna Beer lächelte und strich sacht über Nanas gesenkten Kopf. „Du bist vielleicht impulsiv, temperamentvoll, und manchmal willst du mit dem Kopf durch die Wand, aber du bist längst nicht so schlimm, wie du denkst. Jeder Mensch macht Fehler.“

„Aber ich mache NUR Fehler!“

Nana schmiegte sich in die tröstende Mutterhand. Wie schade, dass man mit sechzehn nicht mehr auf Mutterschöße krabbeln und daran glauben konnte, dass alles wieder gut werden würde. Mit sechzehn war man für sich und die eigenen Fehler verantwortlich, und das bedeutete vermutlich noch viel Schlimmeres.

„Heißt das, ich sollte mich bei deinem Lieblings-Ben entschuldigen?“, fragte sie ahnungsvoll.

„Nur, wenn du findest, dass du ihm Unrecht getan hast! Außerdem ist er nicht mein Lieblings-Ben, sondern der Sohn einer Freundin. Das klingt ja geradezu, als würdest du mich verdächtigen, dass ich eine Schwäche für hübsche Jünglinge hätte!“ Anna hörte sich echt entrüstet an.

„Gut aussehen tut er ja“, ertappte sich Nana bei Bens Verteidigung.

Es mussten die ererbten Anwaltsgene sein, die sie dazu zwangen. Sie hasste nichts mehr als Ungerechtigkeit. In Sachen Ben türmten sich ihre eigenen Ungerechtigkeiten und Vorurteile allerdings bereits zu Bergen!

„Vielleicht in deinen Augen“, schmunzelte ihre Mutter. „Ich finde den Pferdeschwanz eher gewöhnungsbedürftig, und ich bin auch nicht auf der Suche nach einem jugendlichen Lover.“

Dass sie über Ben Witze riss, überzeugte Nana mehr als alles andere von ihrem Irrtum. Anna machte keine Scherze über Dinge, die ihr ernst waren.

„Das habe ich auch nicht behauptet!“, murmelte sie halb erleichtert, halb beschämt über die eigenen dummen Ideen.

„Dann können wir das Thema zu den Akten legen. Möchtest du noch Eistee?“

Nana schüttelte stumm den Kopf. Ihre Mutter konnte vielleicht zur Tagesordnung übergehen. Sie nicht. Aber was sollte sie tun? Vor den ungewöhnlichen grauen Augen im Staub kriechen? Wirklich nicht! Anrufen? Ziemlich feige und außerdem peinlich. Verflixt, sie hatte keine große Übung in Entschuldigungen.

„Was hältst du davon, wenn wir uns mal um deine Haare kümmern? Du solltest dir den Qualm herauswaschen, und dann müssen wir das Beste aus diesen angesengten Resten machen …“

Nana trottete ergeben hinter ihrer Mutter in Richtung Badezimmer. Ob sie sich mitsamt den Haarfusseln durch den Abfluss spülen sollte?

9

Nana legte das fröhliche Urlaubsfoto mit der Glasseite nach unten auf ihren Schreibtisch. Sie wollte nicht an die letzten gemeinsamen Ferien erinnert werden. Der lachende Vater, die strahlende Mutter, die übermütige Tochter waren nichts als Lüge. Sie wollte sich nicht fragen müssen, wie weit die Lügen gingen. Es tat einfach zu weh. Aber es war ein ganz anderer Schmerz als die flammende Empörung nach der Scheidung. Eher ein hoffnungsloses Sehnen nach unerreichbaren Träumen. Es war vorbei. Niemand konnte mehr etwas daran ändern.

„Das solltest du nicht tun!“

Nana fuhr herum. Ihre Mutter stand in der halb offenen Tür, ein Tablett mit Orangensaft und ein paar Keksen in der Hand. Sie hatte die Geste beobachtet und kam jetzt mit schnellen Schritten ins Zimmer.

„Aber ich ...“

„Du denkst jetzt, dass alles falsch und unehrlich war, aber das stimmt nicht!“ Anna Beer stellte das Tablett ab und setzte sich auf die Schreibtischkante. „Du bist immer noch unsere Tochter.

Dummerweise wurdest du in die Fehler verwickelt, die wir gemacht haben. Auch ich, nicht nur dein Vater."

„Wieso, hast du ihn auch betrogen?" Nana wusste, dass das Unsinn war, aber ein Rest von Zorn über die Ereignisse existierte immer noch in ihr.

Ihre Mutter blieb ganz ruhig. „Nein. Aber ich war so wahnsinnig verliebt in Dieter, dass ich einen faulen Kompromiss nach dem anderen eingegangen bin. Egal ob es nun um mein aufgegebenes Kunststudium, um die Familienplanung, um Urlaub, Anschaffungen oder andere Dinge ging. Er bestimmte den Kurs, und ich habe mich angepasst, weil ich ganz naiv dachte, er würde auch für mich das Beste auswählen. Eines Tages bin ich aufgewacht und wusste gar nicht mehr, wer ich bin und was ich wollte. ICH, Anna, nicht Dieters Frau. Verstehst du das?"

„Willst du damit sagen, dass du ihm die ganze Zeit etwas vorgespielt hast?", staunte Nana.

„In bester Absicht!" Ihre Mutter nickte. „Ich habe ihn geliebt. Ich wollte unbedingt die Traumfrau sein, die er sich wünschte. Dass diese Rolle auf die Dauer sowohl mich als auch meine Liebe kaputtgemacht hat, fand ich viel zu spät heraus."

Nana verzog trübsinnig den Mund. „Sieht so aus, als hätte man die gute alte Liebe viel zu spät auf die rote Liste der vom Aussterben bedrohten Arten gesetzt. Jetzt ist sie verschwunden, und keiner weiß, wo er sie suchen soll!“

„Unsinn!“ Anna Beer lachte und küsste ihre Tochter auf die Stirn. „Jeder findet sie eines Tages auf seine Weise, auch du! Wenn du nicht dieselben dummen Fehler machst wie ich, hast du sogar gute Chancen, dass du sie halten kannst. Und jetzt stell das Bild wieder auf und lass dich nicht von Dingen runterziehen, die eigentlich schon der Vergangenheit angehören.“

Nana griff nach dem Foto und strich mit der Fingerkuppe über den Rahmen. Ihre Mutter hatte Recht, aber es war trotzdem nicht einfach.

„Noch was, wegen Pece“, fügte Anna Beer vorsichtig hinzu. „Möchtest du darüber reden?“

„Da gibt's wenig zu reden“, entgegnete Nana unerwartet bereitwillig. „Er hält sich für den Mittelpunkt des Universums. Entweder man teilt diese Meinung, oder man fällt wegen Majestätsbeleidigung durch das Raster. Anfangs fand ich seine coole Masche unheimlich erwachsen und super, aber auf die Dauer wird sie öde. Nur cool und sonst nichts ist ziemlich hohl.“

Ihre Mutter gab keinen Kommentar dazu ab.

Nana zögerte, aber dann sprach sie weiter. „Ich vermute, er benutzt Dine, um mich zu ärgern. Was soll ich machen? Wenn ich sie vor ihm warne, denkt sie, dass ich eifersüchtig bin und ihr eins auswischen will. Aber eigentlich will ich bloß nicht, dass sie auf ihn hereinfällt!"

„Hättest du im umgekehrten Fall auf sie gehört?"

Nana zog eine Grimasse, die ein deutliches Nein demonstrierte.

„Halte dich aus dieser Freundschaft heraus", riet Anna nüchtern. „Wenn Dine meint, dass Pece ihre große Liebe ist, ist ohnehin nicht mit ihr zu reden. Falls er sie wirklich nur als Mittel zum Zweck benutzt, wird sie das früher oder später ganz allein entdecken."

„Du meinst, ich soll dabei zusehen, wie sie einen Riesenfehler macht?"

„Was denkst du eigentlich, was Eltern manchmal wider besseres Wissen tun müssen?"

Treffer. Nana zog den Kopf ein und akzeptierte das Argument. Sie warf ihrer Mutter einen schrägen Blick unter halb gesenkten Wimpern zu. „Hast du es eigentlich bereut, dass du Dieter geheiratet hast?"

„Nein, wirklich nicht!"

Nana hatte ihre Zweifel. „Das verstehe ich nicht. Zumindest jetzt müsstest du es doch als Fehler erkennen. Du hättest dir jede Menge Kummer erspart. Und ein Kind, das die Dinge nur kompliziert!"

„Bist du verrückt?" Anna Beer sah nicht nur empört aus, sie hörte sich auch so an. „Du bist das Beste, das diese Ehe zu Stande gebracht hat! Ich würde nie auf dich verzichten wollen, und Dieter ebenso wenig!“

„Klingt gut“, seufzte Nana halb ungläubig, halb geschmeichelt.

„Das IST gut!“, erwiderte ihre Mutter betont.

„Wenn du das sagst …“ Nana klang immer noch nicht ganz überzeugt.

Anna seufzte. „Du bewunderst einen fremden Mann, der längst gestorben ist, weil er seine Gefühle seitenweise dem Briefpapier anvertraut hat. Wenn du jedoch in der Wirklichkeit mit Gefühlen konfrontiert wirst, zerpflückst du sie vor lauter Misstrauen, bis nichts mehr davon übrig ist. Hast du Angst, dass man dich nicht lieben wird, weil du nicht perfekt bist? Liebe hat nie etwas mit Perfektion zu tun, und schon gar nicht mit Vernunft! Vielleicht denkst du mal in aller Ruhe darüber nach!“

Ehe Nana eine Antwort fand, hatte ihre Mutter das Zimmer verlassen. Sie hörte sie ins Badezimmer gehen, dann rauschte Wasser in die Wanne. Ihr Blick fiel auf den Saft und die Kekse, die sie dagelassen hatte. Waffelröllchen mit Schokoüberzug, Nanas Lieblingskekse. Zum ersten Mal registrierte sie bewusst die winzigen Kleinigkeiten, die sie bisher für selbstverständlich gehalten hatte.

Sie sprang auf und trat zum Fenster. Sie hatte

gar nicht bemerkt, dass es schon so spät war. Sie starrte in die untergehende Sonne über dem Nachbardach, bis alle Umrisse im Licht verschwanden und ihre Augen tränten.

„Was meinst du, soll ich Frau Gregori die Briefe zurückgeben, wenn ich sie morgen im Krankenhaus besuche?“ Nana schlenderte betont lässig ins Badezimmer, wo ihre Mutter damit beschäftigt war, sich die Haare zu föhnen.

„Wenn sie ihr gehören, hast du eigentlich keinen Grund, sie noch länger zu behalten“, entgegnete Frau Beer über das Sausen des Föhns hinweg.

„Schade.“ Nana betrachtete die rötliche Haut auf ihrem Handrücken.

„Bedeuten sie dir so viel?“

„Auch“, gab Nana zu. „Aber in erster Linie finde ich es schade, dass es heute keine Georgs mehr gibt. Ich würde gern mal einen schönen altmodischen Liebesbrief bekommen. Selbst auf die Gefahr hin, dass ich ihn beantworten muss!“

„Und das sagt ein Mädchen, das tausend Ausreden erfindet, wenn es sich mit drei Zeilen bei ihrer Tante für ein Geburtstagsgeschenk bedanken soll“, entgegnete ihre Mutter verblüfft.

Nana grinste. Anna hatte Recht. Sie hasste es, Briefe zu schreiben. Ein leeres Blatt mit Datum und Anrede versetzte sie automatisch in Panik.

Sie telefonierte lieber, das ging schneller und war weniger mühsam. Aber gesprochene Worte konnte man nicht aufheben. Man konnte sie nicht einmal festhalten und genauer analysieren. Wie oft hatte sie nach einem Telefonsatz von Pece gegrübelt, wie er wohl gemeint gewesen war. Ob sie ihn richtig verstanden oder ob sie das Wichtigste verpasst hatte.

Elisa hatte diese Probleme nicht gehabt. Glückliche Elisa. Sie besaß Georgs Zuneigung mit blauer Tinte auf weiße Blätter geschrieben und in jedem Brief von neuem wiederholt.

In einem Brief gab es weniger Missverständnisse, keine Widerrede und kein Durcheinander. Man wurde nicht dabei unterbrochen, die eigenen Gedanken und Gefühle genau zu schildern. Ein Brief war eigentlich auch ideal für eine Entschuldigung!

„Nana, was ist los …"

„Alles im grünen Bereich, Mam! Mir ist nur gerade eine Idee gekommen!"

Nana flitzte aus dem Bad, als gäbe es keine Sekunde zu verlieren. Sie stürzte an ihren Schreibtisch, holte den karierten Collegeblock aus dem Schulrucksack und griff sich den nächsten Stift. Doch bereits nach dem schwungvollen Datum zögerte sie.

Lieber Ben? Natürlich nicht! Die Anrede verleitete zu Missverständnissen. Er war nicht ihr lieber Ben. Er war eine lästige Pflicht. Ein dummer Fehlschluss, für den sie sich schämte und gezwungenermaßen um Nachsicht bat.

Also besser: *Sorry, Ben! Sieht so aus, als hätte ich dir ganz schön Unrecht getan. Du weißt ja, meine „engstirnige und bescheuerte Art"* ...

Nana knabberte an ihrem Kugelschreiber und tastete sich vorsichtig an den nächsten Satz heran. Irgendwie musste sie ihren unverhofften Meinungsumschwung schließlich begründen.

Meine Mutter hat mir erzählt, dass ... Bloß nicht! Wie klang das denn? Die doofe Nana braucht mütterliche Nachhilfe, um zu kapieren, dass Ben kein Monster ist. Nein, es sollte lässig und zugleich ehrlich klingen. Die Wahrheit war sie ihm schuldig und keine blöden Sprüche.

Wie wäre es mit: *Du bist dummerweise in den Kleinkrieg mit meiner Mutter hineingeraten und warst das passende Opfer für meinen Frust. Dafür möchte ich mich echt bei dir entschuldigen. Manchmal explodiere ich einfach zu schnell. Hinterher tut es mir meistens Leid, aber der Schaden ist schon passiert.*

Die Worte flossen plötzlich wie von selbst aus dem Stift. Sie sah Bens Gesicht vor sich, während sie schrieb. Von der Altlast ihrer Gefühle für Pece befreit, konnte sie es objektiver betrachten. Aber vermutlich auch nur, weil er ihr in diesem Moment nicht gegenüberstand. Weil sie in seine durchdringend hellen Augen eine Freundlichkeit hineinmogeln konnte, die sie dort bisher nur entdeckt hatte, wenn er mit Anna oder Frau Gregori sprach.

Ich weiß jetzt, dass du mit den Immobilien-Typen nichts zu tun hattest und dass du Frau Gregori nur helfen wolltest. Aber für mich sah es einfach danach aus, als würdest du der armen Oma das letzte Möbelstück aus der Wohnung räumen, um genügend Kohle zu raffen. Versuch mal die Situation mit meinen Augen zu betrachten, dann verstehst du vielleicht, dass ich rot gesehen habe.

Nana las die erste Seite noch einmal durch, ehe sie die zweite begann. Gleichzeitig fielen ihr all die Liebenswürdigkeiten ein, die sie sich bei ihrem letzten Streit an den Kopf geworfen hatten. Sie hatte sich benommen wie eine ausgeflippte Hysterikerin, aber Ben war auch nicht gerade die Freundlichkeit in Person gewesen. Die nächsten Zeilen fielen deswegen schon eine Nummer angriffslustiger aus.

Ich habe eine Menge dummes Zeug geredet, aber so ganz unschuldig bist du nicht daran, dass ich ausgerastet bin. Es macht mich echt wahnsinnig, wenn jemand so tut, als hätte er die Weisheit der ganzen Welt gepachtet. Ehrlich gesagt, du wärst viel menschlicher, wenn du nicht so schrecklich von dir und deinen eigenen Qualitäten überzeugt wärst.

Ach Gott, das klang eher wie eine Kriegserklärung und weniger wie eine Entschuldigung. Nana musste sich entscheiden. Durchstreichen und neu anfangen oder stehen lassen und erklären? Wieso eigentlich durchstreichen? Sie meinte jedes Wort, das da stand! Deswegen konnte sie auch einfach drauflosschreiben.

Jetzt denkst du vermutlich, ich fange wieder zu stänkern an, aber das ist nicht meine Absicht. Ich versuche nur einen ehrlichen Brief zu schreiben. Würde ich dir persönlich sagen, dass es mir Leid tut, ginge vermutlich meine verflixte Zunge wieder mit mir durch. Vielleicht bin ich auch einfach zu feige, dir noch einmal unter die Augen zu treten.

Sorry, Ben! Schade, dass wir uns nicht unter einem besseren Stern kennen gelernt haben!

Nana

Der letzte Satz bereitete Nana erneut Kopfzerbrechen. Das mit dem Stern hatte sie aus Georgs Briefen gestohlen. Er hatte an seinen guten Stern geglaubt, der ihn und Elisa wieder zusammenführen würde. Den Stern, dem sie folgen konnten, auch wenn sie Dunkelheit und Angst umgab. Das Bild hatte ihr gefallen.

Gab es im neuen Jahrtausend noch gute Sterne, oder waren sie von Prozessoren und Chips abgelöst worden? Würde Ben die Idee albern finden und sie für eine dumme Gans halten? Kein Problem, das tat er sicher ohnehin schon längst.

„Mist!“, seufzte sie und riss das eng beschriebene Blatt aus der Perforation am Rand. Sie faltete es hastig zusammen und verstaute es in einem Briefumschlag. Schluss mit der Gedanken-Gymnastik!

Ben bekam seine Entschuldigung, und das musste reichen. Das fehlte ihr noch, dass sie sich überflüssige Gedanken über Benedikt Meister machte.

10

„Dine?"

Nana sah ihre Freundin verblüfft an. Sie hatte das Klingeln an der Wohnungstür gehört, aber nicht auf sich bezogen. Anna hatte für sie geöffnet und Dine zu ihr in die Küche geschickt.

„Hi ..." Dine zögerte und schaute verdutzt. „Wie siehst du denn aus? Warst du beim Haareschneiden?"

Nana zupfte mit einer Hand die Briefmarke von der Pinnwand, mit der anderen fuhr sie sich durch die radikal gekürzten Haare. Anna hatte sie mit großem Geschick rund um ihr ovales Gesicht fransig geschnitten, so dass die fehlende Strähne nicht mehr auffiel. Im Gegenteil, sie fand sich sogar weniger brav und irgendwie attraktiver damit.

„Was dagegen?", erkundigte sie sich trotzdem herausfordernd.

„Nein, natürlich nicht. Es steht dir prima, ich war nur so überrascht, ich wusste nicht ..." Dine brach ab.

„Warum bist du gekommen?" Nana hörte den gekränkten Ton in der eigenen Stimme und ärgerte sich darüber. Wie redete man mit einer Freundin, die einen hintergangen hatte?

Dine wurde rot. „Ich musste kommen. Du warst so komisch in der Schule, und du bist auch nicht mit dem Bus nach Hause gefahren!"

„Wundert dich das?"

Nana ging in ihr Zimmer voraus und klebte die Marke auf den verschlossenen Brief. Erst jetzt wandte sie sich zu Dine um, die ihr unsicher gefolgt war.

„Mit dir habe ich, ehrlich gesagt, nicht gerechnet", rutschte es ihr heraus. „Was willst du?"

Dine wich ihrer Frage aus und deutete auf der Suche nach Ablenkung auf das Kuvert. Das Ben Meister war auch auf die Entfernung gut zu erkennen. „Seit wann hast du einen Brieffreund?"

„Nur kein Neid", entgegnete Nana trocken. „Du hast ja jetzt Pece!"

Ihre Freundin zuckte zusammen, und Nana verspürte einen Anflug von Reue. Es war gemein und sinnlos, Dine zu piesacken. Sie war ihr ja nicht einmal richtig böse. Sie war lediglich enttäuscht, weil Dine mit fliegenden Fahnen und hinter ihrem Rücken in Peces Arme gesunken war. Das Gespräch, das sie jetzt führen wollte, hätte viel früher stattfinden sollen!

„Ich weiß nicht, ob ich Pece habe", antwortete Dine leise. „Aber ich mag ihn sehr. Er macht einem nie etwas vor, man weiß immer, woran man ist. Das ist selten bei einem Jungen!"

Nana riss die Augen auf. So sah ihre Freundin Paul Conrad? Pece, der verlässliche Fels in der Brandung? Für diese Einschätzung musste man tatsächlich sehr verliebt sein. Fast schon blind vor Zuneigung. So verknallt, dass man einen Jungen durch die rosarote Brille betrachtete.

„Wir haben auch nur geredet, gestern im *blue screen*", erklärte Dine eine Spur trotziger.

„Über mich vermutlich", murmelte Nana.

„Naja ..."

„Du kannst dir die Einzelheiten sparen", winkte Nana schnell ab. „Ich weiß, dass wir nicht zusammengepasst haben. Ich war viel mehr in meinen Auftritt als Peces Freundin verliebt als in ihn selbst. Dass er ausgerechnet mich haben wollte, hat mir geschmeichelt."

Dine blieb der Mund offen. „Woher die plötzliche Selbsterkenntnis? Wenn ich mit einer Silbe angedeutet habe, dass du ihn nicht so richtig verstehst und magst, bist du mir ins Gesicht gesprungen!"

„Klar", Nana zuckte mit den Achseln. „Aber ich war noch nie das Mädchen, das von allen beneidet wurde. Ich habe es genossen."

Sie drehte Dine den Rücken zu und suchte im CD-Ständer nach einer Scheibe. Eine Alibi-Beschäftigung. Sie wollte keine Musik hören, sie wollte nur ihre Verlegenheit kaschieren. Sie wunderte sich selbst, dass sie so viel von ihren geheimsten Gedanken preisgegeben hatte. Ausgerechnet gegenüber Dine, die doch eigentlich ihr Vertrauen verspielt hatte. Oder vielleicht nicht?

„Also hast du nichts dagegen, wenn ich mit Pece gehe?“, flüsterte Dine heiser.

„Ich habe dir schon in der Schule gesagt, dass du ihn haben kannst!“ Die CD-Hüllen klapperten unter Nanas nervösen Fingern. Mussten sie das alles noch einmal von vorne durchkauen?

„Ich will nicht, dass du denkst, ich hätte ihn hinter deinem Rücken angebaggert“, beharrte Dine auf den genauen Einzelheiten. „Eigentlich bin ich nur mit ihm ins *blue screen* gegangen, weil meine Schwester an diesem Abend total herumgenervt hat. Ich wollte bloß raus. Erst haben wir gechattet, aber dann habe ich gemerkt, dass Pece total down war …“

„Total down wegen mir? Das kannst du mir nicht erzählen!“ Nana tippte sich mit einer wohl bekannten Geste gegen die Stirn.

„Total down, weil er gedacht hat, er macht alles falsch, wenn es um Mädchen geht“, vervollständigte Dine die Information.

Ein unsicherer Pece? Nana packte dieses Bild unter völlig unglaubwürdig zum Fels in der Brandung. Pece war gnadenlos von sich selbst überzeugt! „In der Zeit, in der ich mit Pece gegangen bin, hat er sich nicht einmal Gedanken über mich und meine Gefühle gemacht, das weißt du. Wir haben oft genug darüber geredet!"

„Das siehst du falsch!", widersprach Dine. „Er kann bloß nicht so darüber reden, wie du das möchtest. Er ist nicht der Typ, der sich mitteilt ..."

„Das habe ich gemerkt!", sagte Nana trocken. „Wie erfährst du diese Dinge von ihm? Via Internet, oder kannst du in seinen Kopf gucken?"

„Manchmal bist du echt ätzend!", regte sich Dina auf.

„Sorry!" Nana seufzte. Das wurde langsam zu ihrem Lieblingswort. „Ich wollte nicht boshaft sein, aber Pece und ich sind fertig miteinander. Es hat ihm nicht das Herz gebrochen, und ich überlebe die Trennung ebenfalls. Wenn hier einer aufpassen muss, dann bist du das. Lass dich bloß nicht von ihm einwickeln!"

„Seit wann bist du so cool?", wunderte sich Dine verdutzt. Sie kannte eine ganz andere Nana, und sie konnte sich nur eine einzige Erklärung für den plötzlichen Wandel denken. „Hat das vielleicht was mit diesem Knaben zu tun, dem du jetzt Briefe schreibst?"

„Schön wär's", rutschte es Nana heraus, ehe sie die Worte aufhalten konnte.

Ein Fehler. Dine fuhr blitzartig ihre neugierigen Fühler aus und versuchte die Adresse auf dem

Kuvert zu lesen. „Wer ist der Typ? Wo hast du ihn kennen gelernt?“

Nana ließ das Kuvert hinter ihrem Rücken verschwinden. Sie wollte nicht über Ben reden.

Dine war nicht dumm. Aber sie hielt Nanas Abwehr für eine Folge ihres Streites. „Du vertraust mir nicht mehr!“, sagte sie traurig.

„Quatsch!“ Nana rang mit sich. „Das hat nichts damit zu tun. Wenn du es genau wissen willst, ich würde den Typ gern näher kennen lernen, aber meine Chancen sind gleich Null. Er hält mich für das unmöglichste Weib unter der Sonne!“

„Was ist passiert?“ Dine blieb hartnäckig am Ball.

„Das Übliche. Ich habe erst geredet und dann nachgedacht ...“

„Deswegen schreibst du ihm Briefe? Wie soll ich das verstehen?“

Nana seufzte. „Keine Ahnung, ich verstehe es ja selbst nicht!“

Diesmal wagte nicht einmal Dine weitere Fragen zu stellen. Nana sah so traurig und fremd aus, dass sie Angst hatte, das zerbrechliche Gleichgewicht ihrer Freundschaft von neuem durcheinander zu bringen. Sie hatten noch keinen offiziellen Frieden geschlossen, es handelte sich höchstens um einen Waffenstillstand.

„Soll ich den Brief in den Kasten werfen, wenn ich gehe?“, bot sie an.

Nana zögerte. Jede Wette, dass Dine Namen und Adresse studierte, ehe sie das tat. Und wenn schon, Ben war kein Geheimnis. Er war nicht einmal ein Thema.

„Okay, mach das!“, sagte sie und gab das Kuvert weiter. „Steck ihn an der Bushaltestelle ein, der Kasten wird heute noch geleert.“

Dine nickte und wandte sich zum Gehen. Sie hatte den Hinweis auf die Briefkastenleerung richtig verstanden. Nana wollte allein sein.

„Ciao, bis morgen …“

Nanas Herz raste. Sie hatte schweißfeuchte Hände, und hinter ihren Schläfen hämmerte der Puls. Die Flammen kamen immer näher. Sie wollte fortlaufen, aber ihre Beine bewegten sich nicht. Sie konnte nur dastehen und warten, bis sie das Feuer erreichte.

Tat es weh, wenn man verbrannte? Von irgendwoher rief jemand ihren Namen. Viel zu weit weg, um noch zu helfen!

„Nana! Um Himmels willen, Nana! Wach auf, du träumst!“

Das hartnäckige Rütteln drang endlich in Nanas Bewusstsein. Sie blinzelte. Was da blendete, war kein Feuer. Das war schlicht die Deckenlampe in ihrem Zimmer.

„Mam? Was ist passiert?“

„Das frage ich dich!“ Anna Beer saß auf der

Bettkante ihrer Tochter und sah sehr besorgt aus. „Du hast so schrecklich geweint, dass ich davon aufgewacht bin. Allerdings ist es kein großes Wunder, dass du nach diesem Tag Albträume hast."

Nana schob sich am Kopfende nach oben. Auf ihrem Kissen prangte ein feuchter Tränenfleck, und ihre Haare klebten schweißnass an den Schläfen.

„Da war ein Feuer", erinnerte sie sich an die letzten Bilder ihres Traumes. „Ich wollte weglaufen, aber ich konnte meine Beine nicht bewegen!"

„Schscht!" Anna schloss sie besänftigend in die Arme. „Es ist vorbei, du bist in Sicherheit. Ich gebe dir schnell ein frisches Kissen ..."

„Ist schon okay." Nana strich sich die Haare aus der Stirn. „Lass nur, ich drehe das Kissen um. Danke, dass du gekommen bist. Aber jetzt ist alles in Ordnung."

„Soll ich nicht bei dir bleiben?"

„Mam! Ich bin kein Baby mehr!"

„Leider", lachte ihre Mutter ein wenig traurig. „Na gut, ich lasse aber die Tür offen. Du musst nur nach mir rufen, wenn du noch etwas brauchst!"

Nach einem letzten prüfenden Blick auf Nana löschte sie das Licht und verschwand. Die Tür ließ sie tatsächlich offen. Nana zog eine stumme Grimasse, typisch Mam. Manchmal bekam sie ihren Gluckeninstinkt einfach nicht unter Kontrolle.

Sie war ganz und gar nicht mehr müde. Was konnte sie tun, um wieder einzuschlafen? Woran denken, damit sie keine neuen Albträume bekam, sondern entspannt ins Traumland startete?

Träume von Pece waren nicht mehr in. Träume von Georg führten automatisch zu Elisa und damit wieder zum Feuer. Über Popstar-Träume war sie hinausgewachsen und für Luftschlösser zu aufgewühlt. Was also blieb? Schäfchen zählen?

Sie blinzelte zum Wecker hinüber. Noch gut drei Stunden bis zum Aufstehen. Der neue Tag hatte bereits begonnen. Hoffentlich einer von der ruhigen Sorte. Von Chaostagen hatte sie vorerst genug.

Was Ben wohl sagte, wenn er ihren Brief las? Ob er als zukünftiger Informatik-Guru Briefe altmodisch fand? Ob er ihr antwortete?

„Ist doch auch egal!“, murmelte Nana in ihr Kissen. „Der Typ ist mir so was von egal!“

Doch als sie wieder einschlief, geisterte ein Feuerwehrmann mit blondem Pferdeschwanz und intensiven grau-blauen Augen durch ihren neuen Traum.

11

„Nana! Das ist wirklich sehr lieb, dass du mich besuchen kommst!"

Elisabeth Gregori thronte wie die Märchenbuch-Illustration von Rotkäppchens Großmutter zwischen den weißen Krankenhaus-Kissen. Ihre Stimme klang passend dazu ein wenig heiser, und zum altmodischen Blümchennachthemd fehlte eigentlich nur noch eine Rüschenhaube auf den grauen Haaren.

Die beiden Frauen in den Nachbarbetten warfen neugierige Blicke auf Nana. Sie grüßte höflich nach allen Seiten, ehe sie den Besucherstuhl an Frau Gregoris Bettkante zog. Sie hatte in der Blumenhandlung eine langstielige gelbe Rose von ihrem Taschengeld gekauft und die Verkäuferin daran gehindert, das gute Stück mit Gräsern und Zweigen zu ersticken.

„Wie schön!", freute sich die alte Dame. „Ich kann mich gar nicht mehr erinnern, wann ich zum letzten Mal eine Rose geschenkt bekommen habe."

Nana ergriff dankbar die unverhoffte Chance. Sie hatte das Bündel Briefe in ihrem Rucksack, aber sie wollte nicht gleich mit der Tür ins Haus fallen.

„Bestimmt hat Georg Ihnen Rosen geschenkt“, sagte sie vorsichtig.

„Georg?“ Frau Gregori legte die ohnehin schon faltige Stirn in dutzende weiterer Runzeln. „Welcher Georg? Entschuldige, Kindchen, manchmal entfällt mir einfach das eine oder andere ...“

Ausnahmsweise akzeptierte Nana das „Kindchen“. „Georg, ihr Mann!“, half sie der alten Dame weiter. „Sie haben ihn doch nach dem Krieg geheiratet.“

„Natürlich habe ich nach dem Krieg geheiratet!“, lächelte die Greisin. „Aber mein Mann hieß Eugen. So verkalkt bin ich nun doch noch nicht, dass ich den Namen meines Mannes vergessen würde. Eugen Gregori. Er war Abteilungsleiter im Einwohnermeldeamt, mein Eugen, weißt du. Wir hatten eine schöne Hochzeit, und mein Brautstrauß bestand tatsächlich aus wunderschönen gelben Rosen. Lieschen, hat Eugen immer gesagt, Lieschen, du bist die einzige Frau, mit der ich es ein Leben lang aushalten kann!“

Nana zupfte verlegen an ihrem nagelneuen Pony. Kein einziger Name passte.

„Hat Sie Ihr Mann denn nicht Elisa genannt?“, fragte sie geradezu beschwörend.

„Aber nein, Kindchen! Elisa hat nie jemand zu mir gesagt. Lisa, Lieschen oder Elsbett, aber das ist alles schon ewig lange her. Heute lebt niemand mehr, der mich so nennt. Das hat man davon, wenn man so alt wird!"

Die alte Dame hatte sowohl die Rauchvergiftung als auch den Schock bestens überstanden. Sie sah so fit aus, dass Nana keinen Moment an der Wahrheit ihrer Worte zweifelte. Sie war nicht Elisa!

„Dann haben Sie auch diese Briefe nie gesehen?" Nana brachte das Bündel zum Vorschein und reichte es Frau Gregori.

„Aber nein, was sind das für Briefe?"

„Erinnern Sie sich an den kleinen Sekretär, den Ben für Sie verkauft hat? Die Briefe waren in einer Schublade, und ich habe sie dort gefunden. Ich nahm an, dass sie Ihnen gehören. Dass sie von Ihrem Mann stammen und eine kostbare Erinnerung für Sie darstellen. Deswegen wollte ich sie zurückgeben!" Nana versuchte sich ihre Enttäuschung nicht anmerken zu lassen.

„Du hast gemeint, ich sei diese Elisa?" Frau Gregori schmunzelte und gab ihr das Päckchen wieder. „Ich muss dich enttäuschen. Mein Mann hat nie gerne Briefe geschrieben. Im Sekretär waren sie, sagst du? Das wundert mich wirklich …"

Nana konnte sich nicht einmal darüber freuen, dass sie die Briefe nun behalten durfte. „Sie steckten in einem Geheimfach!"

„Ach, das erklärt wenigstens, warum ich sie nie

gefunden habe!", erwiderte die alte Dame zufrieden. „Eugen hat das Schränkchen eines Tages unter dem Sperrmüll entdeckt, der vor unserer Haustür zum Abholen bereitstand. Das muss mindestens zwanzig Jahre her sein. Er fand es schade, dass ein so schönes Stück weggeworfen werden sollte. Naja, es war nicht mehr sonderlich modern, aber doch gute Handwerksarbeit."

„Wissen Sie, wem es gehört hat?"

„Das darfst du mich nicht fragen. Im Laufe der Jahre sind so viele Leute in diesem Haus ein- und ausgezogen, dass man sich die Namen wirklich nicht merken konnte."

„Schade", seufzte Nana enttäuscht. „Ich hätte so gerne gewusst, ob Elisa und Georg miteinander glücklich geworden sind!"

„Das kann ich dir zu meinem Bedauern nicht sagen", antwortete Frau Gregori. „Aber ich kann dir sagen, dass ICH sehr glücklich bin. Ich bin dir überaus dankbar. Wenn du gestern nicht so hilfsbereit und mutig eingegriffen hättest, dann hätte ich meinen Eugen wohl früher wieder gesehen, als es mir recht gewesen wäre. Du bist ein ganz besonders tapferes Mädchen, Nana!"

Nana rutschte verlegen auf dem Stuhl hin und her. „Das war echt nichts Besonderes", wehrte sie das Lob der alten Dame ab. „Ich habe gar nicht groß darüber nachgedacht, ich habe einfach gehandelt."

„Siehst du, genau das meine ich!“, bestätigte Frau Gregori. „Ich denke und grüble immer zu viel. Ich habe Angst vor Dingen, die vielleicht gar nicht passieren, und ich hasse jede Veränderung. Es scheint, dass ich mir ein Beispiel an dir nehmen muss!“

„Ein Beispiel? An MIR?“

Nana konnte ihren puren Unglauben nicht verbergen. Sie hatte in den vergangenen Tagen so gut wie alles falsch gemacht. Sie musste jedem vernünftigen Menschen dringend davon abraten, sich ausgerechnet an Nana Beer zu orientieren.

„Ganz genau an dir!“, beharrte die alte Dame auf ihrer Feststellung. „Weißt du, mir war schon klar, dass ich manchmal ein wenig zerstreut bin und dass die Wohnung für mich allein viel zu groß ist. Aber als diese Männer mir vorschlugen, in ein Altersheim zu gehen, da bekam ich es mit der Angst zu tun. Fremde Menschen, eine andere Umgebung, das wollte ich mir in meinem Alter nicht mehr antun.“

Nana hatte durch die Ereignisse eine Menge gelernt. Noch vor kurzem hätte sie Frau Gregori widersprochen und ihr höflich gesagt, dass sie sich täuschte und dass sie längst nicht so alt wäre. Inzwischen wusste sie, dass es keinen Sinn hatte, die Augen vor der Wahrheit zu verschließen. Manche Dinge musste man akzeptieren, auch wenn sie nicht angenehm waren.

„Das ist dumm, das habe ich eingesehen“, sagte auch die alte Dame selbstkritisch. „Weißt du, es ist mir schon ein paar Mal passiert, dass ich den Herd vergessen habe. Außer angebranntem Essen ist dabei kein Schaden entstanden. Aber jetzt, ich mag gar nicht daran denken, was ohne dich geschehen wäre. Ich werde doch in dieses Heim ziehen. Senioren-Wohnanlage sagt man heutzutage dazu …“

Nana ahnte, wie schwer Elisabeth Gregori ein solcher Entschluss fiel, und sie legte mitfühlend ihre Hand auf den Arm der alten Dame.

„Du hast mir noch eine kleine Spanne Leben gerettet“, sagte die Greisin verschmitzt. „Ich muss sorgsam damit umgehen. Das bin ich dir schuldig für all die Mühe, die du dir gegeben hast, nicht wahr?“

„Ich finde, Sie sind noch viel mutiger als ich!“, gratulierte Nana zu ihrer Entscheidung. „Und wenn Sie jemand brauchen, der Ihnen beim Umzug hilft, Sie können immer auf mich zählen!“

„Das ist lieb von dir! Und jetzt erzähl mir ein bisschen was über dich. Du hast so viel für mich getan, und ich weiß so wenig von dir …“

Nana wollte eigentlich nur das Nötigste berichten. Am Ende wurde es doch die lange Version der traurigen Ereignisse um die Scheidung ihrer Eltern und die eigene Ahnungslosigkeit.

„Ich weiß nicht, was besser gewesen wäre“, gestand sie ihrer älteren Freundin. „Hätten sie mir von Anfang an die Wahrheit gesagt, hätte ich vermutlich kein Wort mehr mit Dad geredet. Das wäre auch nicht die Lösung des Problems gewesen. Aber so wie es gelaufen ist, mit all den vertuschten Lügen, den Heimlichkeiten, komme ich mir ganz schön verar..." Sie korrigierte ihre lässige Sprache blitzschnell. „Naja, ich komme mir blöd vor. Als Kleinkind kaltgestellt, weil Nana doch nicht versteht, was die Erwachsenen tun."

„Aber du begreifst mittlerweile wenigstens, warum sie sich getrennt haben, das ist doch schon ein Anfang", erwiderte Frau Gregori. „Du weißt, dass du nicht schuld daran bist. Das ist das Wichtigste."

„Wenn man es so sieht ...", murmelte Nana und brachte ein kleines Lächeln zu Stande.

„So ist es gut!" Die alte Dame erwiderte das Lächeln. „Du wirst es schaffen. Du MUSST es schaffen. Denk daran: Ich will mir ein Beispiel an dir nehmen!"

„Was ist das denn? Die geheime Sitzung des Hinterhof-Kabinetts?"

Nana hätte am liebsten auf dem Absatz kehrtgemacht. Sie hatte in der Werkstatt mit Anna gerechnet, aber nicht mit ihren Besuchern. Ben lehnte an der dicken Platte der Werkbank, ihre Mutter saß auf dem Hocker dahinter, und vor ihnen tigerte in bester Anwaltsmanier Dr. Dieter Beer auf und ab.

„Nana! Wo hast du gesteckt?"

Der doppelte Eltern-Ausruf klappte immer noch einstimmig im exakt gleichen Sekundenbruchteil. Auf dem Gebiet hatten sie jahrelange Einheit trainiert. Sie versuchte den männlichen Teil der Versammlung zu übersehen und fixierte ausschließlich ihre Mutter.

„Ich war im Krankenhaus. Ich habe dir heute Morgen extra noch einmal gesagt, dass ich nach der Schule Frau Gregori besuchen möchte ..."

„Stimmt ja ...!" Anna schlug sich mit der flachen Hand vor den Kopf. „Das habe ich bei dem ganzen Wirbel total vergessen."

„Wenn das nicht wieder typisch für dich ist ...", knurrte ihr Ex-Mann.

„Lass bloß Anna in Ruhe!", schoss Nana blitzartig dazwischen. Sie baute sich vor ihrem Vater auf. „Du hast null Grund, hier den großen Zampano zu spielen! Was willst du überhaupt?"

Sie stemmte herausfordernd die Arme in die Hüften und hielt dem entrüsteten Vaterblick stand. Sekundenlang, dann geschah das Wunder. Dieter Beer gab zuerst nach. Er wandte sich ab und drehte ihr den Rücken zu. Seine Schultern wirkten mit einem Male nicht mehr so gerade und straff. Nana schluckte betroffen.

Verflixt, wann lernte sie es endlich? Sie änderte

nichts an den Dingen, wenn sie immer gleich an die Decke ging und jeden anfauchte.

„Entschuldige, Dad“, sagte sie nach einem tiefen Atemzug. „Aber nach der Enthüllung gestern kannst du nicht erwarten, dass ich dir um den Hals falle.“

„Darf ICH dich wenigstens in den Arm nehmen?“ Dieter Beer drehte sich wieder um und ließ der Ankündigung die Tat folgen. Nana ließ es kurz zu, dann machte sie sich steif und befreite sich verlegen. Ihr Vater stellte sich das alles zu leicht vor.

Sie begegnete Annas Blick und begriff, dass sie dasselbe dachte. Wie eigenartig, die Gedanken ihrer Mutter lesen zu können. Das war ihr noch nie passiert.

„Dein Vater vertritt die Mietergemeinschaft Herzogpark gegen die Sanierungs-Gesellschaft“, durchbrach Bens ruhige Stimme die geladene Stille. „Danke, dass du ihn darum gebeten hast.“

Nanas Augen flogen über Bens Gestalt, so schnell, dass er den Ausdruck in ihnen gegen das Licht nicht erkennen konnte. Aber doch lange genug, dass sie selbst alle Einzelheiten an ihm wahrnahm. Er trug eine lässige braune Leinenhose mit Oberschenkeltaschen und ein neutrales schwarzes Shirt. Die Haare hatte er wie üblich mit einem Lederband aus dem Gesicht gebunden. Das alles machte ihn zu einer Herzklopfen-Mischung aus Indianer und jungem Crocodile-Dundee. Im grellen Werkstattlicht schimmerten seine grauen Augen durchsichtig silbern.

Hatte er ihren Brief schon bekommen? Warum sah er sie so fragend an? O ja, verflixt, er wartete auf eine Antwort. Was hatte er eben gesagt?

„Es war nicht richtig, dass ich dich neulich so abgefertigt habe!“, nahm ihr Dieter Beer die Antwort ab. Er hatte diverse Telefongespräche hinter sich gebracht, seit ihn seine geschiedene Frau am Vortag über Nanas gefährliche Rettungsaktion unterrichtet hatte. „Ich hoffe, du glaubst mir, dass es mir ehrlich Leid tut.“

In seiner Stimme schwang eine Bitte mit, die Nanas feindselige Haltung sabotierte. Er war immer noch ihr Vater, auch wenn er in seiner Ehe Mist gebaut hatte. Sie hatte nichts damit zu tun. Sie war nicht schuld daran. Sie erinnerte sich an Elisabeths Worte und brachte ein zittriges Lächeln zu Stande, das er sichtlich erleichtert erwiderte.

„Ich bin stolz auf dich, Nana“, fuhr er fort. „Du hast Frau Gregori das Leben gerettet und eine Katastrophe verhindert! Ich hätte nie gedacht, dass du so nervenstark und vernünftig bist. Ich werde mich im Namen der Mietergemeinschaft darum kümmern, dass Frau Gregori und alle anderen zu ihrem Recht kommen.“

„Sie will die Wohnung ohnehin nicht länger behalten. Sie glaubt, dass ein Altenheim das Richtige für sie wäre …", warf Nana ein.

„Auch da ist es bestimmt nötig, dass man ihr mit dem ganzen Papierkram hilft. Wie hast du sie eigentlich kennen gelernt?"

Nana zauderte. Je öfter sie die Sache mit Georgs Liebesbriefen erzählte, desto absurder kam sie ihr vor. Wer interessierte sich heute noch für Liebesschwüre von Anno Denkste? Mit einer leisen Spur von Trotz erzählte sie trotzdem die Kurzform der Ereignisse. Vermutlich machte sich ihr Vater im Geheimen ebenso darüber lustig wie Ben. Sollten sie doch, langsam gewöhnte sie sich daran, dass offensichtlich alle Männer schwer von Begriff waren.

„Schade, dass ich jetzt nie erfahre, was aus Elisa und Georg geworden ist", schloss sie ein bisschen verlegen und versuchte die Kurve in die Gegenwart zu bekommen. „Wenigstens war meine Aktion nicht ganz umsonst, wenn Frau Gregori und die anderen von dir vertreten werden. Du lässt sicher nicht zu, dass man sie über den Tisch zieht."

„Darauf kannst du dich verlassen. Annika kennt einen Spezialisten für Mietrecht, der uns die nötige Unterstützung liefert …"

Annika? Musste er ausgerechnet Frau Doktor Doppelnamen erwähnen? Hatte er eigentlich Hornhaut auf der Seele? Musste er Anna die Existenz dieser Dame auch noch unter die Nase reiben?

Nana schaute zur Werkbank und bemerkte, dass ihre Mutter völlig entspannt, die Hände zwischen den Knien baumelnd, auf ihrem Hocker saß. Keine Zigarette qualmte! Im Gegenteil, die Packung lag noch originalverschlossen zwischen Feilen und Pinseln auf dem Tisch. Anscheinend überschätzte sie Annikas Wert als Stressfaktor!

Sie atmete tief ein und ließ ihre Augen in Richtung Vater wandern. Sie entdeckte eine neue, nie gesehene Unsicherheit in seinem Blick. Als Anwalt besaß er vermutlich auch gewisse Fähigkeiten im Gedankenlesen.

„Danke“, sagte sie und räusperte sich, ehe sie eine Spur lauter hinzufügte. „Ich bin sicher, du brauchst keinen Spezialisten. Den Fall schaffst du sicher auch allein ... Dad!“

Die kleine Pause vor der Anrede war ein Friedensangebot. Dieter Beer umarmte seine Tochter ein zweites Mal und wurde sofort wieder geschäftsmäßig. Kontrolle der Armbanduhr, Griff nach dem Aktenkoffer, Blick aufs Handy und letzte Anweisungen.

„Sagen Sie den anderen Hausbewohnern Bescheid, Ben? Ich sorge dann dafür, dass morgen jemand von unserer Kanzlei in den Herzogpark kommt und den einzelnen Mietparteien die Vollmachten vorlegt, damit sie unterschrieben werden. Nana, die Vollmacht für Frau Gregori lasse ich dir hier, du wirst sie bestimmt wieder besuchen. Bitte vergiss es nicht, denn ohne Unterschrift kann ich nichts für sie tun!"

„Und die Rechnung?" Ben misstraute dem Vater-Tochter-Deal, nachdem Dr. Beer schlagartig wieder den erfolgreichen Anwalt herauskehrte.

„Die geht an meine Tochter!"

„Moment mal!" Nana fuhr entrüstet auf, sie hatte eine leise Ahnung, was ein guter Anwalt in Rechnung stellte. „Ich bin Taschengeldempfängerin! Willst du mich fürs Leben ruinieren?"

„Du wirst die Liquidation mit Vaterbesuchen und passablen Schulnoten abstottern, mein Mädchen!", grinste Dieter Beer. „Und du kannst sicher sein, dass ich dir keine Stunde erlassen werde! Ich finde, das ist ein ausgesprochen faires Abkommen."

„Das ist Wucher!", beschwerte sich Nana und dachte daran, dass sie in dem Fall auch seiner neuen Freundin über den Weg laufen würde.

„Das ist das Leben!", entgegnete ihr Vater. „Also, ich muss dann! Wir sehen uns!"

Die schwere Metalltür klapperte. Niemand sagte etwas. Nana starrte auf den zerkratzten Betonboden. Ben sah irgendwo über ihrem Scheitel gegen die Wand. Nanas Mutter nahm die Zigarettenpackung, schob den Fingernagel unter das Zellophanband und legte das Päckchen mit einem erkennbaren Ruck geschlossen wieder zurück.

„Es wird höchste Zeit, dass ich zu rauchen aufhöre und den Laden wieder aufmache“, sagte sie und stand auf. „Könnte ja sein, dass ausgerechnet heute jemand das teuerste Stück aus meiner Sammlung kaufen will! Bring mir bitte den Schlüssel nach vorne, wenn du abgesperrt hast, Nana! Ciao, Ben!“

Keiner von beiden erwiderte ihren Gruß. Das Schweigen hing wie dichte Watte in der Werkstatt.

12

Nana knirschte heimlich mit den Zähnen. Was dachte Anna sich eigentlich? Sie konnte doch nicht einfach verschwinden und sie mit Ben alleine lassen! Ausgerechnet mit Benjamin Meister! Sie schielte unter halb gesenkten Wimpern vorsichtig in seine Richtung.

Er lehnte lässig an Annas Werkbank und machte keine Anstalten zu gehen. Ob er ihren Brief mit der heutigen Post schon erhalten hatte? Es sah nicht so aus. Vermutlich wartete er nun auf eine mündliche Entschuldigung. O nein! Nur über ihre Leiche! Sie sagte garantiert wieder das Falsche. Sie musste ihn loswerden! Je eher, desto besser!

„Das war echt eine tolle Sache, dass du deinen Vater für den Herzogpark eingespannt hast!“, hörte sie Ben in diesem Moment sagen. „Ich dachte, ich sehe Gespenster, als er hier angetanzt ist.“

„Und was wolltest DU hier?“, erkundigte sich Nana schroff.

„Ich arbeite für deine Mutter, hat sie dir das nicht erzählt?“

„Doch …“, antwortete sie ebenso verunsichert wie sparsam. Seit sie nicht mehr wütend auf Ben war, suchte sie verzweifelt nach dem richtigen Ton für ihn.

„Wie geht es Frau Gregori?“, erkundigte er sich jetzt so friedlich, als wäre zwischen ihnen auch nie ein einziges Fetzchen geflogen.

Nana zuckte mit den Achseln und schob Annas Zigarettenpackung außer Reichweite hinter eine verstaubte Kaminuhr. „Sieht aus, als hätten sie im Krankenhaus die richtigen Pillen für sie entdeckt. Sie ist mit einem Mal putzmunter und schmiedet Pläne für ihren Umzug ins Altenheim.“

„Sie hat dir viel zu verdanken.“

„Ich ihr auch“, sagte Nana spontan.

„Weil du in ihrem Sekretär Stoff für deine Liebesbriefsammlung gefunden hast?“

Sein leicht spöttischer Ton bestätigte Nanas schlimmste Vorurteile. Sie hatte gewusst, dass er sich darüber lustig machen würde!

„Das findest du natürlich albern, das hätte ich mir denken können“, brauste sie gegen alle guten Vorsätze wieder auf.

Warum musste er immer so aufgeblasen herumlästern? Weshalb konnte er nicht einfach akzeptieren, dass sie eine Schwäche für Georgs Briefe hatte? Seine komische Rostlaube war schließlich auch nicht der Gipfel aller Modernität. Am liebsten hätte sie ihn einfach stehen lassen, aber sie konnte ihn schlecht einschließen. Sie musste ihn aus der Werkstatt werfen!

„He, geh nicht gleich wieder an die Decke“, sagte er in diesem Moment. „Du kannst nicht erwarten, dass ich hinter einer coolen Kratzbürste ein Mädchen mit Herz vermute. Du hast das ganz gut versteckt!“

Nicht provozieren lassen, Nana! Bleib ganz ruhig!, befahl sie sich selbst stumm.

Sie ging zur Tür und öffnete sie viel sagend. Sie hatte gleich geahnt, dass es mit Ben keine gemeinsame Basis gab. Nur peinlich, dass sie ihm diesen blöden Brief geschrieben hatte! Vermutlich schüttete er sich vor Lachen aus, wenn er ihn endlich las.

„Was weißt du denn schon von mir“, murmelte sie ein wenig traurig und wich dem Gänsehaut-Röntgenblick aus, den er ihr im Vorbeigehen zuwarf.

„Nichts weiß ich“, stimmte er friedfertig zu und schlenderte auf den Hof hinaus. „Du bist sozusagen eine unbekannte Größe für mich. Bisher weiß ich nur, dass du wie eine Rakete loszischst, wenn du etwas in den falschen Hals bekommst, aber das kann ja nicht alles sein. Wie wäre es, wenn du mir mehr von dir erzählst?“

„Klar und den Wetterbericht und die Börsennachrichten gleich dazu!“, entgegnete Nana und kämpfte mit dem Sicherheitsschlüssel. Er klemmte fest, und sie trat aus lauter Frust gegen den Türrahmen.

„Lass mich!“

Ben fasste an ihrem Arm vorbei und brachte den verklemmten Schlüssel in die richtige Position, damit er sich drehen ließ. Nana fand sich zwischen der Tür und seiner Gestalt gefangen. Er berührte sie nicht, aber alle Nana-Systeme schrillten trotzdem wilden Alarm. Erhöhte Herzfrequenz, instabile Knie, Sehstörungen und Atemschwierigkeiten waren noch das Harmloseste. Nichts wie weg von ihm und seiner Gefahrenzone!

„Bitte!“

Er hielt Nana den Schlüsselbund auf der flachen Hand hin. Sie starrrte auf das kleine Häufchen Metall, als würde es im nächsten Moment explodieren. Es war fast wie in ihrem nächtlichen Albtraum. Sie wollte sich bewegen, aber sie konnte es nicht.

„D-danke …“, stammelte sie und brachte sich mitsamt den Schlüsseln hastig vor ihm in Sicherheit.

O verflixt, so wie es aussah, gab es zum Thema Ben nur zwei Alternativen für sie. Entweder sie fauchte ihn an, oder sie spielte die dumme Gans. Beides geradezu ideal, um einen Typen von sich zu begeistern. Halt, wohin verirrten sich ihre Gedanken? Sie wollte nichts von Ben, absolut nichts! Weder seine Begeisterung noch seine Gegenwart.

„Bring deiner Mutter den Schlüssel. Ich warte hier auf dich."

Nana fuhr im Davonlaufen herum. „Warum das denn?"

„Hast du mir nicht eben versprochen, dass du mir was über dich erzählen willst?"

„Haha!" Sie versuchte halbwegs cool zu klingen. „Seit wann interessierst du dich für Giftspritzen?"

„Seit ich unbekannte Saiten an Giftspritzen entdecke", antwortete Ben gelassen. „Du könntest mir zum Beispiel die Liebesbriefe von Georg zeigen. Ich würde sie gern auch mal lesen."

„Liebesbriefe? DU? Machst du dich lustig über mich?" Nana schwankte zwischen Unglauben und Ärger.

„Warum sollte ich das tun?" Ben setzte so eine Art Kuscheltierlächeln auf, das Nana erst recht durcheinander brachte. „Ich finde Liebesbriefe klasse. Es ist schon was Besonderes, wenn sich jemand hinsetzt und mit eigener Hand einen Brief schreibt, anstatt zu telefonieren oder eine Mail zu schicken. Ich fand es echt toll, dass du dir so viel Mühe für mich gemacht hast."

„He, Moment mal!" Nana spürte, dass ihr die Röte in die Wangen stieg. „Du bist da auf dem Holzweg. Das war kein Liebesbrief. Echt nicht. Ich habe mich bloß entschuldigt, weil ich Mist geredet habe."

„Auf jeden Fall ist damit der Grundstock für meine Sammlung gelegt", erwiderte Ben leise. „Wer weiß, vielleicht kriege ich ja irgendwann einen richtigen Liebesbrief von dir ... Vielleicht wenn ich nicht mehr so überheblich bin. Willst du mir helfen, mich zu bessern?"

Nana schnappte hilflos nach Luft. Sie wollte etwas sagen, aber in ihrem Kopf sirrte und schwirrte es wie unter einem Hochspannungsmasten. Sie spürte die scharfen Kanten der Schlüssel in ihrer rechten Hand, roch die Knoblauchwolken aus einem offenen Küchenfenster im Hochparterre und hörte ihr eigenes Blut rauschen. Sie stand auf ihren Beinen, obwohl sie gleichzeitig den Eindruck hatte, mindestens einen halben Meter über dem Boden zu schweben.

„Das meinst du nicht ernst, oder?", hörte sie sich selbst flüstern.

„Ich habe gestern Nacht den Himmel abgesucht und uns einen besseren Stern bestellt", antwortete Ben genauso verhalten.

Nana erinnerte sich an den letzten Satz ihres Briefes. Erst jetzt merkte sie, dass sie die Luft angehalten hatte, und sie stieß sie in einem langen Seufzer wieder aus. Sie entdeckte, dass ihr Ben die Hand entgegenstreckte und legte sehr vorsichtig ihre Finger hinein.

Die Berührung war aufregender als Peces gesammelte Küsse. Sie schickte ein Echo durch

Nanas ganzen Körper und verbreitete im Nachhall Wärme und ein ganz eigenartiges wohliges Gefühl von Zuhause und genau richtig.

Du lieber Himmel, sie reagierte genau wie Dine. Sie betrachtete Ben Meister durch eine rosarote Brille. Sie war kurzsichtig, beschränkt. Verliebt eben. Blind verliebt!

„Wann zeigst du mir deinen Stern?“, hörte sie sich flüstern, und ihre Finger verschränkten sich ineinander.

„Wann du willst!“, versprach Ben.

GABY SCHUSTER

Love Message
SMS für JO

Was tun, wenn man auf dem neuen Handy eine SMS erhält, in der steht: *Treffen wir uns? Ich liebe dich! Chris.* Jo ist total verwirrt, denn durch einen unglücklichen Zufall kann sie den Absender dieser Nachricht nicht mehr ermitteln. Auf ein Treffen würde sie sich schon einlassen, die Frage ist nur: wo und vor allem, mit wem? Zusammen mit ihrer Freundin Caro setzt Jo alle Hebel in Bewegung und versucht, dem geheimnisvollen Absender auf die Spur zu kommen ...